无疆的文学

世界的音符

尚书房

走向世界的中国作家

马 车

陈世旭 著

CHINESE WRITERS
WITH WORLDWIDE INFLUENCE

图书在版编目（CIP）数据

马车/陈世旭著．—北京 ：文化发展出版社有限公司，2016.12
ISBN 978-7-5142-1554-0

Ⅰ．①马… Ⅱ．①陈… Ⅲ．①中篇小说－小说集－中国－当代
Ⅳ．①I247.5

中国版本图书馆CIP数据核字(2016)第270961号

马　车

陈世旭/著

出 版 人：赵鹏飞
总 策 划：尚振山　曹振中
责任编辑：肖贵平　罗佐欧
责任校对：岳智勇　　**责任印制**：孙晶莹
责任设计：侯　铮　　**排版设计**：麒麟传媒

出版发行：文化发展出版社（北京市翠微路2号　邮编：100036）
网　　址：www.wenhuafazhan.com
经　　销：各地新华书店
印　　刷：北京新华印刷有限公司
开　　本：889mm×1194mm　1/32
字　　数：159千字
印　　张：8.75
印　　次：2017年1月第1版　2017年1月第1次印刷
定　　价：39.00元
I S B N ：978-7-5142-1554-0

◆ 如发现任何质量问题请与我社发行部联系。发行部电话：010-88275710

编委会

野　莽：中国作家，编辑家，出版家。作品被翻译成英、法、日、俄等国文字。国外出版有法文版小说集《开电梯的女人》等多部作品。主编有中、英文版"中国文学宝库"（50卷），中文版"中国作家档案书系"（30卷，与雷达），"中国当代长篇小说评点绘画本丛书"（15卷）及"中国当代精品文库"等大型丛书数百种。

安博兰：（Geneviève Imbot-Bichet），法国汉学家，汉法文学翻译家，出版家。法国Éditions Bleu de Chine创始人。早年于台湾学习汉语，曾在法国驻华使馆（北京）任职。现为法国伽利玛出版社（Gallimard）中国蓝丛书负责人，法国"中国之家"文化顾问。曾翻译出版了大量中国作家的作品，其中最具影响力的有荣获法国三大文学奖之一——费米纳（Fémina）外国文学奖的《废都》。

吕　华：中国翻译家。曾任中央编译局文献翻译部法文处处长，中国外文局中国文学出版社副总编辑，中译法最终审稿、定稿人。对外翻译过三任国家领导人的文集。文学翻译有法文版长篇小说《带灯》以及大量中国当代作家如汪曾祺、陆文夫、贾平凹、韩少功、陈建功、刘恒、莫言、阎连科、周大新、王安忆、铁凝、方方、野莽等的代表作。

贾平凹：中国作家，书法家，画家。中国茅盾文学奖、费米纳文学奖、法国政府奖、美国美孚飞马文学奖获得者。作品被翻译成英、法、德、意、西、捷、俄、日、韩、越等二十多种文字。在国外产生影响的有英文版长篇小说《浮躁》，法文版长篇小说《废都》《土门》《古炉》等。

周大新：中国作家。中国茅盾文学奖获得者。作品被翻译成英、法、德、朝、捷等十多种文字。国外出版有法文版长篇小说《向上的台阶》等多部作品。由其短篇小说《香魂塘畔的香油坊》改编的电影《香魂女》获柏林国际电影节金熊奖。

尚振山：尚书房图书出版品牌创始人。出版有“中国名家随笔丛书”、“中国文学排行榜丛书”、“中国小小说名家档案”（100卷）等。

不仅是为了纪念

——“走向世界的中国作家”文库总序

野　莽

尚书房请我主编这套大型文库，在一切都已商业化的今天，真正的文学不再具有20世纪80年代的神话般的魅力，所有以经济利益为目标的文化团队与个体，已经像日光灯下的脱衣舞者表演到了最后，无须让好看的羽衣霓裳做任何的掩饰，因为再好看的东西也莫过于货币的图案。所谓的文学书籍虽然也仍在零星地出版着，却多半只是在文学的旗帜下，以新奇重大的事件冠以惊心动魄的书名，摆在书店的入口处引诱对文学一知半解的人。尚书房的出现让我惊讶，我怀疑这是一群疯子，要不就是吃错药由聪明人变成了傻瓜，不曾看透今日的文化国情，放着赚钱的生意不做，却来费力不讨好地搭盖这座声称走向世界的文库。

但是尚书房执意要这么做，这叫我也没有办法，在答应这事之前我必须看清他们的全部面目，绝无功利之心的传说我不会相信。最终我算是明白了他们与上述出版人在某些方面确有不同，私欲固然是有的，譬如发誓要成为不入俗流的出版家，把同行们往往排列第二的追求打破秩序放在首位，尝试着出版一套既是典藏也是桥梁的书，为此已准备好了经受些许财经的风险。我告诉他们，风险不止于此，出版者还得准备接受来自作者的误会，这计划在实施的过程中不免会遇到一些未曾预料的问题。由于主办方的不同，相同的一件事如果让政府和作协来做，不知道会容易多少倍。

事实上接受这项工作对我而言，简单得就好比将多年前已备好的课复诵一遍，依照尚书房的原始设计，一是把新时期以来中国作家被翻译到国外的，重要和发生影响的长篇以下的小说，以母语的形式再次集中出版，作为中国当代文学的经典收藏；二是精选这些作家尚未出境的新作，出版之后推荐给国外的翻译家和出版家。入选作家的年龄不限，年代不限，在国内文学圈中的排名不限，作品的风格和流派不限，陆续而分期分批地进入文库，每位作者的每本单集容量为二至三个中篇，或十个左右短篇。就我过去的阅读积累，我可以闭上眼睛念出一大片在国内外已被认知的作品和它们的作者的名字，以及这些作者还未被翻译的21世纪的新作。

有了这个文库，除去为国内的文学读者提供怀旧、收藏和跟踪阅读的机会，也的确还能为世界文学的交流起到一定的媒介作用，尤其国外的翻译出版者，可以省去很多在汪洋大海中盲目打捞的精力和时间。为此我向这个大型文库的编委会提议，在编辑出版家外增加国内的著名作家、著名翻译家，以及国外的汉学家、翻译家和出版家，希望大家共同关心和参与文库的遴选工作，荟萃各方专家的智慧，尽可能少地遗漏一些重要的作家和作品，这方法自然比所谓的慧眼独具要科学和公正得多。

当然遗漏总会有的，但那或许是因为其他障碍所致，譬如出版社的版权专有，作家的版税标准，等等。为了实现文库的预期目的，那些障碍在全书的编辑出版过程中，尚书房会力所能及地逐步解决，在此我对他们的倾情付出表示敬意。

2016年5月7日写于竹影居

目 录

不仅是为了纪念
——“走向世界的中国作家”文库总序/野莽

马 车
1

独身女人沙龙
32

青藏手记
89

海参崴红帆
150

过失杀人
200

陈世旭主要著作目录
261

马　车

一

公伯骞教授在他的那张老旧而舒适的藤椅上坐下去，不一会，竟迷迷糊糊地睡着了，还居然发出了鼾声。没有开灯，外面的光也透不进，屋里因此就黑。唯一亮着的，是蹲在台灯边上的小雪的眼睛。小雪很奇怪：这老头，近来还真是有些反常。

小雪的不满意是从前几天的乔迁开始的。由于那次乔迁，它永远失去了一个堂皇的王国。儿子一回来，骞先生夫妇便携着小雪撤出了正屋的最后一块地盘。三室一厅中，北面的一室住着大学没有毕业的二女儿。南面的两室，最早一室作老夫妇的卧室，一室作书房。大女儿领着丈夫女儿从插队的地方一回城，夫妇便退到书房。后来，骞先生又积极请学校出面，把儿子从新疆调回到身边来。儿子是八一届大学毕业主动要求支边的。骞先生当时没有反对。只是儿子同那边订的合同快到期的时候，便频频写信，让儿子合同期满即返故里。措辞是一封比一封恳切。儿子好歹拖了一年，终于难违父命。儿子带回了孙子。骞先生便自筹资金，自备材料，请泥木工在正屋边上搭了一间披厦。苔痕上阶绿，草色入帘青。骞先生住在里面自得其乐，写了一幅《陋室铭》挂在光线昏然的案头。这件事引起了许多感慨。民俗学课援以为例：中国传统认为最让人羡慕的是血亲关系为中心的辈数共同体，亦即三代、四代乃至五代同堂。这种世代传承的心理根深蒂固，即使像骞先生这样素以反封建道统之烈著称的高文化层学者到了晚年也莫能外。

另一个反常的是，骞先生这几天总是闷闷的。阖家团圆固然是一喜，然而系里的事却很不顺利，是一忧且忧大于喜弄得他总是一副心力交瘁的样子。坚持了几十年的傍晚散步，要不是夫人来催，他自己是几乎要取消的了。吃过了晚饭，就独自躲进这个黑角，懒懒地蜷起身子，不想动弹。

“啪”地一下电灯亮了。小雪吓得一下弓起腰，大叫一声“妙呜”，跳下书案，蹿到站在披厦门口的女主人的手臂上。

骞先生却依然故我，很深沉地打着鼾。他的脑门上亮着一片闪闪的水光。水顺着眉心流到鼻梁上，又沿着两边鼻翼分开，流到腮上、下巴上，滴落到拢在胸前的手臂上。

为了最大限度地利用空间，在他头的上方，像舞场结彩一样，屋子的对角拉着一根绳子，绳子上挂满了色彩斑斓的孙子的尿布。他脑门的水就是从那上面滴落下来的。逢到下雨天，儿子、媳妇和女儿们都不愿在正屋里结彩，这些彩旗也就只好在披厦里飘扬。这也是骞先生主动提出的。他甚至说，他喜欢闻这种带着一点乳腥的淡淡的阿莫尼亚味。

“骞先生，”傅怡之轻轻地摇摇丈夫的肩膀。结婚这么多年了，自己也已经是副教授，她却始终不能改变学生时的叫法，只是把先前的“公先生”改成了“骞先生”。

骞先生蓦然醒来，一睁眼看见傅怡之，连忙“啊啊”地张大了嘴巴，好像什么要紧的事给他耽误了。

“莫急哟，看看你的脸。”

骞先生这才意识到脸上有些异样，伸手抹了一把。

“天籁。”他仰面一笑。

然后，就像几十年来一样，他们互相小心地扶着，缓缓走出披厦走到外面雾般的细雨中去。

中文系教师职称评定迟迟不能结果。直到今天下午校学衔委员会又来电话，希望他们不要拖全校的进度，骞先生也最多只能答应“争取明天定下来”。姑且不论“争取”的弹性，

"明天"本身跨度就很大，上午？下午？还是晚上？

难题的症结在范正宇、姚长安、肖牧夫三个人身上。除去几位无可争议的教师外，剩下的副教授指标只有两名。而有希望享有指标的却有三个人。范正宇为此借用了《晏子春秋》的一个典：二桃三士。然极不当。但很能说明事情棘手的程度。

最感棘手的当然是骞先生。他是校学衔委员会副主任，系学术委员会主任。事情一再不能议决的时候，便有人提议由他拍板。理由是这三位都是他嫡出的门生。而恰恰因此，他就更难举措。

三个人各有所长，又各有所短。

范正宇五十年代末就在本校毕业。随之留校执教近三十年。中间下乡务了几年农，大学文科一恢复便最早调回。在古典文学教研室，论资历，除了骞先生这样的元老，就数上他这一拨了。古典文学的各门基础课程，他几乎都任过主讲。只是科研方面，几十年来，他说不上有什么像样的建树。同骞先生合著的《先秦诸子拾沉》，虽然在学术界很有些影响，但他毕竟不是第一作者。一九八二年那次评职称，跟他同一辈的差不多都上了副教授，他却卡在了讲师那一档。骞先生也爱莫能助。这次要再上不去，就很难说得过去了。算一算，已是知天命之年矣。

倘若从感情上说，骞先生最倾向的是姚长安。他们之间好像有一种天生的缘分。

骞先生夫妇有洁癖。他们家绝不可以穿着鞋子进去。自己家里人各有拖鞋，外人只好跣而入，冬天也不例外。外人包括一切人，以至校长。另外，在他们家里还绝不可以抽烟。吐痰则要到卫生间或室外去。凡此种种，别人领教过一次，顶多两次，也就不敢问津，到“文革”才破了例。然而，就是那些来抄家的小将，突然进入那一尘不染的屋子，也不免迟疑。全面武斗刚刚结束，其旧习就又恢复。略有变革的是为外人准备了几双拖鞋。工宣队长没有注意到拖鞋，径直走进去，在用刷子刷出了木纹的地板上一步一个脚印。骞先生心不在焉地应答着他的话，眼睛却死死盯住那些脚印。那扎扎实实的每一步，都好像踩在他的鸡眼上。

后来到乡下接受了几年再教育，骞先生才算脱胎换骨。那个申申如也、夭夭如也的旧知识分子大为改观，没有事就把一个满嘴鼻涕的孙子笑眯眯地搂在怀里，孙子尿了他一身一书桌，他绝不动肝火。跟市井上的一般老头相去无几。

却来了个姚长安。这个姚长安在卫生上的讲究，比之他的当年竟是有过之而无不及。跟在做学问上的过细一样。他洗衣服宁可熬通宵也绝不马虎。衣服晾干了，折叠时发现有污点，本来拍拍就掉了，他非要重洗一遍。他的床别人绝不能沾边，一沾，他就实行怒目主义。他的书谁借去看了，折了一只角，他就恨不得要对人施以暴力，如此等等。这就使得很多人对他“敬而远之”，而他呢，也就显得十分的孤立。“文革”的时候，哪一派都不要他。他就回了乡下，以后就分配在当地教中学，娶了同村的一个女子。一九七八年他考上骞先生的研究生。先前的习惯一点没有变。研究生院的房子并不宽，但大家还是设法腾出一间屋子让他独享。因为别人无法跟他相处。

骞先生却不然。他从姚长安身上依稀看到自己年轻时的影子。他对姚长安的偏爱有时候到了不讲理的程度。学生干部对姚长安的孤僻偶有批评，作为导师的骞先生竟半玩笑半认真地说：“赐也贤乎哉?夫我则不暇。”

骞先生似乎是想让姚长安做自己的掌门弟子。姚长安读书很像年轻时的骞先生，肯下功夫。凡读过的书，你要问第几条第几目，他闭上眼睛能说个八九不离十。要命的是，他口头表达很不行。什么精妙文章，到了他嘴里，都变得味同嚼蜡。他跟肖牧夫同讲中国古代文学史。肖牧夫上课，课堂从小到大，一换再换，一直换到电教中心的放映室，学生还是挤得像沙丁鱼罐头。轮到姚长安上课，课堂又由大到小，头两个课时中间休息，人就走了一半，讲到后几个课时，学生寥若晨星，其中还有的是在这里自习别的功课的。他心里苦，脸上尽量做出一副笑容，希望以此唤起学生的良知。学生中的美术爱好者便精心把这笑容临摹在课桌上，题曰：蒙娜丽莎——永恒的微笑。但评职称是有条件的，讲课受欢迎是最起码的条件之一。

比较起来，条件全面些的是肖牧夫。他讲课的名声传得很远。只要一有他开的课，外系学生也十分踊跃地选修。他常常应邀到外省外校讲学，受聘为文学界艺术界各类讲习班辅导班的特约教师。近年来学术界新学科林立，他在这方面的探索逐渐受到注目。论文屡屡获奖，有些奖的级别很高。他已经有了多部译著。关于定他为副教授的争议，焦点在应否破格上。他是工农兵学员，教龄也不够。否定的意见认为他根基不可靠，华而不实。但无论校内校外，推他上去的呼声都很高，又不容忽视。

自从屡经挫折的柏拉图在雅典附近的阿卡第谟斯运动场创办人类史第一座优美恬静的学园，与其诸弟子脱出世俗之累，于花前月下或漫步讲学，或伏案著书，后世学府便引为模式，相沿成习。

“镜湖枕麓，屏城襟江”云云，骞先生当年慨然应邀来此执教，不能说一点没有受到这一类辞藻的蛊惑。

下着雨，马车碾着泥泞，把他拉进城郊这片树林深处。他睁大眼睛极力向外张望，没有别的，只有似乎无穷无尽地闪动着的湿漉漉的浓绿。唯一的感觉是寂静。马铃声，车轮的滚动声，从树叶上滑下来又滴落在马车顶篷上的雨声，使人感到一种莫可名状的羁旅的孤单忧郁。然而，他忽然看见了，远远地被一面斜坡半遮半掩的对面山上，一片森然的屋宇高耸在浓密的林木之上。他记得，当时，他的心一下子很激烈地跳起来。

这是抗战大劫之后，学校刚从流亡地迁回。校刊上的文字甚为辛酸："江山秀丽依然，山石清华似昔，佳木更见葱茏，黉舍更觉壮伟……设备摧毁无遗……月经费不足付水电开支之半……终以国事多艰，前途发展未可预卜……"

骞先生那时远不到灰心的年圮，弱冠弄柔翰，正是伸展抱负的时候。读书时更号"伯骞"，也就取的是"凤骞翥于甍标，咸溯风甫欲翔"的意思。每登高望远，只觉得三楚烟云，一江涛涌，都在胸中。

弹指几十年过去。当年学子不足千数，而今已万数有余。那一片如入空谷的寂静是荡然无存了，高楼林立，俨然一座山城。骞先生自己也涉乎老境了。

这几十年里面，自然有过许多快意的事，也留下许多遗憾。也许，因为当初望之过殷，遗憾也就愈甚。骞先生首先是对自己不满意。他曾经雄心勃勃地想要建构一个自己的理论体系。可是，积累了多年的资料、手稿，"文革"中尽被查抄丢失。落实政策时只收回一些断简残篇。他的雄心也就因此支离破碎。总角闻道，白首无成，真是不堪回首。

今天晚上，他却不可避免地又想起这些。是因为他的三个学生。严格地说，他对他们也都不尽满意。照理，到他们这种年纪，做一个副教授是不该让人发生疑义的。他自己受聘教授的时候不到二十七岁，比胡适之做教授的年纪还小。

“你又怎么了?”傅怡之抓过他干燥冰凉的手掌，合抱在自己的两个掌心里：

“回吧。”

他摇摇头。

匍匐的落叶在脚底下“簌簌”地响。树林里氤氲着清新的有一点苦涩的气息。校园里树依旧是多。这些年还用人工造了樱林、梅林、桂林、竹林。然而骞先生还是喜欢校北区大观山这片罕有人迹的原始自然林。这里北临长江，危崖高耸。崖顶上的望江亭经风雨摧蚀，形销骨立，残破不全，被世人遗忘，格外凭添出几分落寞苍凉。这是骞先生夫妇每天散步的终点。

大观山像一个背江而立的伟岸老人环护着校园。微雨迷蒙中守护校园里一片灯火粲然。骞先生初入校时的那片建筑群落淹没其中，几难辨识。

那几座旧楼，曾引起骞先生极大兴趣。取中西形式之长，融古典与现代风格于一炉，坚固实用不求奢华而又艺术感极强，别开建筑学上的生面。设计出于一个西人手笔，却这样深刻地体现出对中国文化和心理的理解，这些，都极对骞先生的胃口。

然而，所有这些优异特点，后来都未能得到承袭。因为种种说得清或说不清、可避免或不可避免的原因，后起的那些建筑群落，无论整体布局抑或单体造型，都表现出一种文化乃至技术上的极低层次。杂乱、粗劣、仓促、将就，使钟灵毓秀深受其伤，令人不胜扼腕。不久前，学校特地从清华园请来专家，指望他能在重新规划校容上有所作为。结果是老先生辛辛苦苦地转了两天，着着实实地叹了两天气，然后十分痛惜地告退。

呜呼！种瓜得瓜，种豆得豆，最无情者，莫过历史。长期累积起的贻误，既成格局，要改变它，谈何容易。

争取明天定下来。

明天，骞先生将主持系里的学术报告会。他的三个学生都要在会上宣读论文。成功与否显然是要影响到职称评定的最后裁决的。在难以决断的时候，心理的因素往往起决定的作用。

各人好自为之吧。

二

每两年举行一次的全校学术报告会，用主持者的话说是一次学术成果的展览，以期促进学术研究的开展。这对于教师自然是一次实力的检阅。

今年的学术报告会正赶上评定职称。这也就不是一般的检阅，而有一点打擂的性质了。

人来得很多，且听众成分复杂。校领导和学衔委都派了代表，系学术委成员几乎全部到场。平时是不可能这样集中地来对教师进行这种个别考察的。另外，还有一大帮外地来进修研究生课程的教师。他们虽然是局外人，但作为同行，其好恶臧否在舆论上的作用也是不可小视的。现在，所有这些人在梯式座位上俯瞰着讲台。坐在第一排的报告人似乎成了应试者，一个个心里都很紧张，颇有些赴难的悲壮。

范正宇喝了酒。一只红红的鼻头十分夺目。他脸窄，眼睛小，嘴唇薄，耳垂也短，命相不太好，他常为之自怜。好在有一只好鼻子，鼻如悬胆，起了平衡作用。因而虽无大富大贵，也到底没有沦为引车卖浆者流，他又常为之自得，乐夫天命复奚疑。这只悬胆老是发红。他嗜酒，却喝不多，一喝就上脸，准确说，是上这只悬胆般的鼻子。

在今天的学术报告会上，范正宇是轻松的。因为就在今天上午，他接到了出版社的信，告知他那部《庄子美学思想浅探》已经正式决定发稿。那部书近十万字，说不上皇皇之著，但作为一项学术成果，在本校同人中，还是屈指可数的。这部专著事先已经列入学术报告会的篇目，本拟在今天的学术报告会上提纲挈领地向与会者宣读的，现在有了正式出版的通知，为了节约时间就免了，只由主持人骞先生说明一下情况。现在，他斜着瘦长的身子，两条细腿从课桌底下长长地伸出去，后脑壳枕在椅背上，等于是半躺着，就像在家陪客人谈天。他妻子一见他这副样子，就忍不住要骂："几十岁了，还站没有站相，坐没有坐相。没有骨头吗?"他"嘿嘿"一笑，把身子放正，过一会又歪倒了。就是在课堂上，他也是一忘形就两手对叉着支住身子，歪斜着伏在讲桌上。讲稿照例是不需翻的。那本讲稿用了多少年，纸已经发黄，字则发白。这样的魏晋作风自然难免引起微词。为人师表么，不说一定要鞠躬如也，必要的仪态总是要注意的。这方面的意见，对他上次没有评上副教授不能说没有一点影响。

那一次范正宇很豁达。"惭愧，惭愧。"他拱手对向他表示惋惜的几位刚评上副教授的同人说，"鄙人才疏学浅，不敢跟诸位比的。"他说的也是真心话。这几位跟他差不多时间大学毕业，但论成就他不得不眼红他们。至少"文革"十年，人家在学问上多有长进，不像他只是养好了一身慢性病。不过，若是学生和一般人问起，他便抹一把鼻子打个哈哈："无所谓，无所谓，君子谋道不谋食。"似乎不是他没有被评上，而是他没有接受。

一般地说，范正宇也确实不是那种患得患失的人。这一辈子，他吃的亏不少，但每次他都能找到一个证明自己并不吃亏的参照系，加之谙熟许多圣人先贤教诲，从而实现心理的平衡。

一九六八年下放，头一天通知他，第二天搬家的汽车就开到他家门口，他什么也没有来得及收拾。本来讲几句软话，可以晚一两天再搬的。但他不说，拍拍妻子正在一耸一耸的肥硕的肩头："走吧，走吧，不终究是一走么。"

冬天，雨夹雪，又是敞篷车：司机带了一个无可考证是否内人的女人坐在驾驶室里。他们一家挤在车厢里。妻子搂着三岁的女儿，一路不停地哭，像送葬。他满脸晦气，眼睛也红红的。半路上，车子翻到路边，他不顾一切跳起来，张开双臂去护妻子女儿。结果他们一家在烂泥田里滚作一团。家当是摔得七零八碎，人却一根毫毛也没有伤。倒是驾驶室的两个人很不幸。司机被破碎的窗玻璃划破了脸。那个女人推开了车门，想跳又没有跳，给压在了车头底下。半夜到了目的地，已经安下了家的骞先生由傅怡之扶着，摸摸索索来看他们，悲悲切切地把他的手捏了半天："万幸，万幸。"他却嘻嘻哈哈地说："子在，宇何敢死?"

差不多倾家荡产，他不伤心。比起死了的，他有福。茅草屋很旧，门窗关不上，草屋顶年深月久，发霉腐烂，下雨漏雨，不下雨滴黄水，落蜈蚣。妻子一有怨言，他就耐心奉劝："要知足，随遇而安么。士而怀居，不足以为士矣。"他安贫乐道，日子过得很是自在：琴棋书画诗酒茶，当年事事不离它。尔来时事多变更，柴米油盐酱醋茶。同来的人有许多被公社和县上抽去"搞中心"或"写材料"，他和很少的一些人老也不得宠幸。有人很悲观，哀叹凤鸟不至，河图不出，吾已矣夫。他不，当地人赏识他。逢年过节，红白喜事，一定请他。他写对联，在当地堪称绝手。每逢这种时候，他妻子便要日日扶得醉人回。

"无可无不可"，本是他做人的一个信条。然而，这次评职称，他不再提这个信条。"这回要评不上，看你脸往哪里搁。"妻子几乎每天都要把类似的意见谆谆重复一遍。范正宇不再用"不患无位"之类的话打哈哈。事情是有些严肃了。妻子说出了这种严肃的实质：君子固穷，可以视富贵如浮云，但面子总不能不要的。

没有料到这回评定职称的形势会这么严峻。首先是没有如期进行，比规定的时间拖了一年多。国家的事情可以拖，个人的岁月却有限。这一拖，就把他拖进了半百艾老的队伍。而且传说，这一回是末班车，正在酝酿聘任制。本来，就是按人头数，轮也要轮到他的。论资排辈哪里没有，独教育界何?可是，几年里头，世事发生了许多变化。好比买排骨，排了半天队，好不容易看到希望，却出现了蛮不讲理的加塞子的人。像肖牧夫，先前根本就不在视线之内，却一下冒出来，且咄咄逼人。

真该给那家出版社烧高香。他的那部专著出得正是时候。这本书，好像是一根支柱，一下撑牢了他的副教授位置。

还有三个人需要在报告会上宣读论文。骞先生宣布每个人只能占一个小时。据说国际性学术报告会安排给报告人的时间更短，一般不能超过二十分钟。只能讲一讲大致的逻辑层次和结论。中国学者好像还不能习惯。就像现在，没有一个报告人会觉得一个钟头是够用的。

第一个报告人讲得很急促。又怕讲不完，又怕耽误下面报告人的时间。论题不新鲜，讲的是语言规范化问题，因此又怕听的人乏味，不解其中的微言大义，许多地方讲过了又重复，强调。这就更乱了方寸，浪费了时间。

没有多久，肖牧夫就显出了焦躁的神情。隔一会就走出教室，抽一支烟。他被安排在最后一个宣读论文。而历来的报告会每个报告人都肯定要超过规定时间的。往往到最后，听众的兴奋点消失，时间所剩无几，只好念念标题就草草了之。虽然肖牧夫对自己今天要宣读的论文有充分信心，但是他也知道，前面两位仁兄也都不是马马虎虎的人。

肖牧夫急于宣读自己的论文，尤其急于在这样一个场合宣读自己的论文。他觉得这是一个机会。他需要最广泛的承认。也许可以把这说成是热衷于表现。他不否认。表现有什么不好呢？问题的实质不在于是不是应该表现，而在于是不是有表现的价值。

又为什么不应该表现呢？人们是那样藐视他甚至鄙薄他。仅仅因为他是在公元一千九百七十二年上的大学。“根基不可靠”，一句话就抹杀了他拥有的全部现实价值？

不错，他上大学没有经过严格的考试。可是有谁知道，一九六八年下乡插队之后的整整五年里，他是怎样读书的吗？五年里，他只回过一次家，还是因为母亲死了。母亲患子宫癌，手术前曾经来信让他回去。他正在复习，压下了那封信。等他回去，母亲已经火化。

又有谁知道他是怎样被推荐的呢？一起插队的一个刚刚复职的副市长的儿子跟他谈判，让他给他的女友以自由，她也希望这样。交换的条件是一张大学入学推荐表。他放弃了她以及她肚子里那个不到两个月的他们爱情的结晶。

现在她就坐在这个教室最后一排最靠边的位子上。他一进来就看见了她。她的目光里有一种说不清是真实还是做作的幽怨。进校以后她在本校的邮筒里给他寄了一封信，约他谈谈。他没有赴约。没有必要。她是属于一个什么“干部进修班”的，来为大学文凭奋斗，以便进所谓的“梯队”。她的经历一直很顺，政治上很开展。有些人天生就是命运的宠儿，永远走在时代潮流的前头，也永远是浮在水面的泡沫。

一个人的价值不是别的，是他内在的本质力量的显现。无须讳言，他渴望评上副教授。重要的不是副教授这个头衔，而是由这个头衔体现出来的他的价值。

谢天谢地，语言规范化的捍卫者终于尽到了自己的责任，不断地用手往起提衣裳的后领——那里袅袅地冒出一片白气，下了讲台。

骞先生喊了两遍姚长安的名字，他才站起来。他一直正襟危坐，专注地盯着报告人——任何时候，对任何人，他总是这样恭敬如仪的，只是眼睛里没有神，脑子里转来转去是他的龚自珍。

姚长安从骞先生那里继承了对学术上集大成的清代文化的特殊兴趣。近年他正在编纂《全清诗补遗》。这是骞先生年轻时就想做的一件大事，后来他觉得自己精力不济，就把这个课题连同仅有的资料交给了姚长安。姚长安今天要宣读的论文的题目是《龚自珍开创的一代诗风》。

“河汾房杜有人疑，名位千秋处士卑。一事平生无齮、龁……”

他结巴了一下，底下有人笑出声来。他结巴得很有特点：半张着嘴巴，嘴唇很想合拢，牙巴骨却僵着，嚅嚅地抖了半天，硬是合不上。听见笑声，他以为自己念错了，连忙从讲桌上拿起讲稿。讲稿却放反了，是背面朝上的。他拿起来，却不纠正，煞有介事地瞪着纸背的空白，继续念道：

“但开风——气不为师。”

他想克服结巴，结果使句子的语气不得连贯。底下于是笑得更响。他有些吃惊似的看看大家，然后放下讲稿，从讲桌后面走出，让自己整个地暴露在大家的视线下，两臂垂直，贴着裤缝，弓起腰，脸上带着那种常见的永恒的微笑，很抱歉地向四下点头。

这一下，整个教室就像中了一颗导弹，连矜持的教授们也忍不住笑起来。

他好像是在演独角谐剧。其实他今天是一心想要念好他那本正经的。对这次学术报告会的重要性，他心里也是极明白的。

在中文系里，跟评职称这件事离得最远的恐怕就数姚长安。绝不是他故作清高。这一类事对于他，不知为什么，总好像有一层隔膜。他弄他的故纸堆，十分精细明白，可是各种各样的文件，他却总也弄不清楚。评职称的有关文件传达学习了好多天，讨论的时候他却没头没脑地冒出一句：“怎么，又要加工资了吗?”他关心的只是工资。妻子迁到城里来以后，在学校食堂做家属工。他们一共养了四胎。他乡下的双亲也都健在，还不时要这个当大学老师的儿子接济。他无疑需要钱，却不肯屈尊到校外去讲这样那样的课，怕耽误了他的学问，哪怕有的课酬金相当可观。范正宇为此常常笑他：“回也其庶乎，屡空。”

只是在范正宇给他说明了职称同工资的关系的时候，他才十二分地认真起来。

如果让范正宇在他们三个人中最后拍副教授的板，那么首先是他自己当仁不让。其次就应该是姚长安。做人不说一定要多么高尚，报德之心总是该有的。《庄子美学思想浅探》原来是姚长安的研究课题。后来姚长安因为骞先生的意思对清诗研究投入了更大的精力，才转给了范正宇。范正宇是连资料、连姚长安已经写就的纲目一起接过来的。但是后来交出版社的时候，他没有署姚长安的名，连“后记”里也没有提一句。姚长安对此竟没有异议。范正宇跟他解释的时候，自己耳朵都有些发烧，他却连连点头说：“那自然，那自然，岂能掠人之美呢。”为此，范正宇对他有说不出的感激。

“你们做学问，要向姚老师学。”他常常在学生面前讲姚长安。当然强调的是他的治学精神。而且还要加上自我批判以及别的批判来加以烘托：“千万莫学我，朽木不可雕也，粪土之墙不可圬也。当然也不要学那些花架子。”他说的“花架子”实际指的是肖牧夫。他对肖牧夫很不以为然，对他那套所谓新观念更是嗤之以鼻。肖牧夫在学生中有很多崇拜者。范正宇为此十分忧愤：“什么三论四论，不三不四：中国美学两千年前就成熟了。不是搞国粹主义，国粹总是存在的嘛。自然科学方法能够解决社会科学问题?艺术、审美、思想感情能够定量分析?几斤几两是现实主义?几尺几寸是浪漫主义?哗众取宠嘛，误人子弟嘛。”

姚长安没有这么森严的学术立场。只是在个人交往上，他离范正宇更近些。他其实也谈不上什么“交往”，只是跟范正宇说话的回数多些。跟肖牧夫则几乎没有过什么认真的交谈。肖牧夫在指斥范正宇这类教师的学术思想陈腐的时候，是免不了也把姚长安捎带在里面的：“一篇《关雎》，罗列出一千家注解，写出十万言发微文字，这跟孔乙己所谓‘回’字的四种写法有什么区别?从信息论观点看，其信息量等于零。”这些话，姚长安自然不太听得到，就是听到了也不太容易搞得很明白。但毕竟道不同不相与谋，无话可说。

今天中午，也许是因为出版社那封信带来的兴奋，范正宇专门往姚长安家里跑了一趟。一再叮嘱他：下午读论文时，不要急，慢一些，讲清楚一些。范正宇深知，在讲演能力上姚长安同肖牧夫是无法相比的，他希望他发挥出自己的所长，比方，他的记忆力就是一个绝对的优势。

底下，范正宇把一个巴掌平放在胸前不断往下压着，示意他抗着。他瞥了范正宇一眼，略略镇定了一下自己。等教室里的骚动平息下来之后，他不再回到讲桌后面去，也根本不去翻他的讲稿。他其实也用不着讲稿。讲稿上面的那些内容，他看过了，整理过了，又形成了文字，早已烂熟于心。

"……龚自珍晚年写过《己亥杂诗》三百十五首……黄遵宪晚年也模仿龚自珍写过《己亥杂诗》八十九首……请看龚自珍《己亥杂诗》的第七十六首……再看黄遵宪《己亥杂诗》的第四十七首……康有为的《出都留别诸公》其中的'高峰突出诸山妒，上帝无言百鬼狞'完全脱胎于龚自珍《夜坐》中的'一山突起丘陵妒，万籁无言帝座灵'……再有如，戊戌变法时期最激进的思想家和活动家谭嗣同在《论艺绝句》中……"

姚长安娓娓道来，如数家珍。如此洋洋洒洒的发挥，举座皆惊。学生们噤若寒蝉，欣赏得五体投地；教授们交换着赞许的眼色；肖牧夫蹙起眉头，咬住嘴唇；范正宇先是不断抖着两条细腿，搁在椅背上的头侧过来侧过去地看两边人的反应，酡颜更添春色。可是，不知为什么，他慢慢坐正了身子，笑意渐渐收敛。心里面忽然像有一只小虫子在细细地咬噬。他真心希望过姚长安今天不要因口才塌台，但是他绝没有想到姚长安会有这样的成功。他对姚长安向来只是悲悯。说"后生可畏"，那只是一句奖掖的话，他并不认为自己真的畏姚长安的。只有一次，心里闪过一丝暗影。但那只是一闪就倏而消失，再也无迹可寻的。那次，姚长安跟他谈起《全清诗补遗》的编纂，提到一部清人著作，上面有一些不应遗漏的材料，可是想尽了办法也无从得到这部书。骞先生那里原来有过，可惜散失后就再没有归还原主。范正宇当时拢着手歪在沙发上，一面嘴巴张成“O”形，很同情地点着头，“啊啊”了半天却没有下文。他记起来，他书箱子里是有这部书的。他在乡下时，从一个祖上有人在清朝中过举人的农民手上买了一批书，其中就有这一部。范正宇心里“别别”地跳了一阵，想说，又终于没有说出。姚长安接着扯起了别的话题，他也就随风转舵。事后，他没有仔细反省当时的想法。不知道是不敢，还是觉得没有必要，自宽自解地说了一声“无所谓”，也就过去了。现在，他似乎不能“无所谓”了。他意识到，在他们三个人中，如果有一个人是绝对无可争议的，那么角逐就只可能发生在另两个人中间。他原来一直极力让自己相信，他是那个取得绝对地位的人。其实，细细想来，他又不得不承认，在实力上，真正占据着上风的，是姚长安。也许，这正是他当时没有把那本清人著作拿给姚长安的真正缘故。

范正宇长长地吐了口气。旁边的一个女教师白他一眼，连忙用手掌搧自己的鼻子。他那口带着酒味的郁气很是刺鼻。

“千年暗室任喧豗，
汪魏龚王始是才。”

姚长安依然在侃侃而谈，身子一动不动，眼睛瞪着教室后面的窗子。

“万物昭苏天地曙，
要、要——”

声音消失得很突然。就像突然切断了电源。姚长安保持着原来的姿势站着，开始眼珠还极力转动。人们以为他在搜寻记忆。良久，他的眼珠不转了，身子晃动起来，然后就是劈头盖脸的汗，然后嘴忽然扭向一边，豁口里流出了长长的涎水。

“中风!”范正宇猛然惊悟，“嚯”地站起来。

骞先生看着几个老师把姚长安搀出教室后，沉默着，一时不知该向大家说些什么。

肖牧夫在人们的忙乱中走上讲台，大幅度地挥动手臂，把黑板擦得干干净净，连边角上的一个白点也没有放过。他要在一片绝对的空白上建构他的理论圣殿。粉笔“劈劈”地从他手中断落，每写一个字都至少要换一次粉笔。肖牧夫几乎是用全身的力量写完了他的论文的标题："艺术本质论反思"。字写得刚劲潇洒，每一个都比一本打开的书要大。写完了，他转身面对教室，把最后一颗粉笔头举至眉梢，手腕有力地一抖，粉笔头划了一个极优雅的抛物线，在讲台一侧的墙根上碰出清脆的响声。

接着，肖牧夫同时用两只手把西服的两襟往中间拢了一下，这是他讲课前的一个习惯动作。每次上课堂，他一定是西服革履，挺括而鲜亮。他身子绷得很直，头微微仰着。虽然身高不足一米七，但给人的感觉很轩昂。许多女学生在私下里议论他的风度，引为自己心目中未来王子的样板。

"艺术的本质是什么?"

肖牧夫劈头问，又停下来，似乎在等待回答。教室里立刻安静下来。

"这似乎不应该是一个问题，然而它又确实是一个问题。艺术的本质到底是什么?多少年来，聚讼纷纭……"

黑板上迅速地挤满了中外思想家理论家和他们的经典论点。

"用不着重复所有的说法。我更不打算循着那中间的任何一种逻辑去寻求我的结论。当代思维首先应该摒弃的就是所谓'不践迹，亦不入于室'的经验主义。毫无疑问，以上所有说法都既有其合理成分，又都不能令人满足，包括多少年来我们文论的正宗，我们的教科书一再重复的那些理论……”

肖牧夫不断地踮起脚跟，整个身子前倾，两只手轮流从胸口出发，沿着音阶一直爬向极高处，而同时，覆盖了半个前额的头发有力地上下抖动。随后，那只在高处略略停顿的手忽然往下一劈。

他雄辩滔滔，才气横溢。在这之前的各种各类的讲演会上，他总是赢得一阵又一阵狂热的掌声、笑声、喝彩声、踏脚声。这时候，他就像一位伟大的船长，屹立在波涛汹涌的大海上。

可是今天的洋面却异常平静，甚至有几分阴沉。这不奇怪，座中毕竟成年人居多。他们不像那些刚进大学的本科生那样好新奇和易于激动。他们很审慎甚至苛刻。但是他们不会拒绝坚实的、深刻的见解。他相信自己的见解是坚实的和深刻的。

终于有了动静。最先是骞先生起身，缓缓走出教室。接着，好几位教授和老师纷纷站起来。

“是的，我们必须重新寻找艺术起源的逻辑起点。”肖牧夫不动声色，加重了语气：

“马克思主义并没有终止对真理的认识，而是在实践中开辟了认识真理的道路……”

后面这两句话是论文上没有的。他认定，教授和同人们的离去，是对他刚才表述的观点的抗议。

骞先生走到教室门口时略略迟疑了一下，他想转回去交待几句什么，顺便说明一下他是因为心里惦记姚长安才走的。但是跟出来的人都拥到他身后，他也就作罢。

走廊里回荡着肖牧夫更加昂扬的声音：

“……发展理论无非这么几种方法，或者做翻案文章，对前人加以否定，提出自己的立论；或者跳出原有的思维模式，重新寻找一条途径……”

然而离座的人越来越多。姚长安留下了一片巨大的阴影，使人无心于理性田园的徜徉。

…………

深秋，黄昏来得早。天黑下来，偌大的教室光线昏暗。听众已经无法看清黑板上的字。但是肖牧夫却依然坚决地一笔一画地描画着自己全新体系的框架，从起点不屈不挠地走向终点。最后他把两臂笔直地支住讲桌的两端，面对已经显得空旷的教室，庄严地一个字一个字地说：

“当然，我的体系还不能认为已经成熟，但是我觉得我可以无愧地借用马克思说过的一句话来做结束：‘我说过了，我拯救了我的灵魂。’”

然后，他微微弓腰点了点头，走下讲台。

教室里剩下的人没有几个。最后一排的角落里，曾经属于过他的那个她凝然不动地坐着。在她的脸上，淌着两点微弱的泪光。她在怜悯他。

由于在讲台上发病，天平明显倾向了姚长安。是啊，在现实生活中，衡量一个人的价值，是不可能摆脱道德伦理因素的。

肖牧夫只有走了。他曾申请去美国加州大学攻修美学，并且很容易就通过了托福。然而他又一直犹豫着。他原是自信可以胜任客座教授的。

历史曾经让他这一代人承受了多少负担!五七年，他刚上高小，母亲领着他同右派父亲离异。他们后来的日子几乎没有乐趣。然后是六十年代:饥荒，“文革”，插队，他们被无情地剥夺，又被无情地责难……然后是七十年代：沉思、探求、抗争……然后是八十年代：拨乱反正，新旧更迭，冬春交替，风风雨雨……他们有那么多过去的遗憾，又有那么多未来的压力。家庭，社会，事业，加给他们那么沉重的连接过去和未来的责任要他们挑着大梁，却又总是被疑虑。而对于他，这个具体的肖牧夫，命运则似乎尤其严酷。也许他的一生注定了就是上帝对大力神西绪佛斯的惩罚，用一句现成的哲理语言表述，就是：永恒的挫折。

三

范正宇一觉醒来。

桌上碗盏狼藉。菜碗均见了底。菜汤，残酒，墨汁，滴了一桌子。那本姚长安找过的清人著作不知什么时候从桌面滑落到他的膝头。他把它捡起，在桌上抚平。书是善本，极旧。书皮已残缺，经他重新裱补过。适才的酩酊间，他竟将挽联写在了那裱补的白页上：

四十华年一弦一柱谦谦君子竟长去才祚难偕非得已也

九千文字百学百教草草劳人今安在文德犹存有由来哉

姚长安是脑溢血。抢救了一个夜晚和一个上午，终于无效。他死前很痛苦，嘴巴吃力地翕动着。校长当时也在场，一再在他耳边说，请他放心，学校已经决定，他的职称定为副教授；他的四个孩子都由国家养到成年；给他妻子转成正式工。他的嘴依然动。骞先生又对他说，他遗留下的那几个课题，那几本没有编完的书，都会尽快地安排人完成。他的嘴还是动。后来是医生明白了他的意思：他需要的只是水。脑溢血患者有这种临床现象：死前体温剧烈升高，像火一样烧灼。

姚长安终于平静下来。范正宇觉得他最后的眼光好像是看定了自己，似乎窥破了一个什么秘而不宣的心思。

“蕙兰，蕙兰!”范正宇突然抓起空酒瓶喊起来。妻子平时严格地控制了酒的配给。半天没有人答应。范正宇这才记起，妻子今天在医院值夜班。范正宇两条细腿无力地往桌子底下一伸，重新颓然地歪倒在椅子上。

里间传出女儿很响亮的呼吸声。女儿还有一个学期就要在本校的外语系毕业。这些时候恋爱谈得如火如荼，天天深更半夜气昂昂地回来。一上床就睡得跟死人一样。男朋友的父母亲都是外交官。女儿现在全部的心思就是毕业后跟男朋友一起出国留学，“走向世界”。她跟父亲越来越疏远，对他的所谓学问不屑一顾。“酱缸文化”、“历史垃圾”。范正宇常常被她的这类宏论抢白得鼻头子发红。对一九六八年的那次翻车，她没有一点印象。范正宇偶尔提起，她便哈哈大笑：真有那么惊险吗?那是天将降大任于斯人也。

范正宇也越来越不喜欢她，或者说不喜欢整个这一类自称现代型的年轻人。他曾经差一点掌女儿一个耳光。那一次她嘲笑说：“你们这一代知识分子是不会有什么希望的了，你们不能自救。”

窗子上斜着一条苍苍的山脊。山脊上是一角深蓝的天。静静地出现了一轮满月。范正宇醉眼蒙眬地斜乜着那轮满月，站起来，踉踉跄跄地走到阳台上去。

外面，一切就像白昼一样清楚。对面山坡上，那一片婆娑的竹林枝叶分明。连林子浅处那块黑色岩石下面的一蓬兰草也不难辨出。没有风。却不知怎样飘来了桂花的香气。桂园原是在竹园远远的那一边。那么，那香气是月色送来的了?是竹林后面隐约可见的泠泠溪流送来的了?

夜气，纯净清明温馨的夜气哟。

夜气不足以存，则其违禽兽不远矣。范正宇缩起肩膀，拍着阳台的栏杆，嘟哝着："不远矣……不谗矣。"

大观山下面，长江无声流过。

骞先生在望江亭的亭柱上倚了许久。

"回吧。"一边的傅怡之抓起他干燥冰凉的手掌。

他摇摇手。

下着雨，一驾马车碾着泥泞，驶入树林深处。两边是似乎无穷无尽地闪动着的湿漉漉的浓绿。唯一的感觉是寂静。马铃声，车轮的滚动声，从树叶上滑下来又滴落在马车顶篷上的雨声，使人感到一种莫可名状的羁旅的孤单忧郁。

骞先生一时搞不清楚是自己正坐在那驾马车里，还是他看见了一驾马车正在驶来。前天散步他就仿佛见到一驾马车了，现在则感觉得更真切。

却又更恍惚迷离。

你看到马车了吗?他问傅怡之。

傅怡之先是愕然，继而就泪眼盈盈。

你老了。她说。

老了。年过七十而以居位，譬犹钟鸣漏尽而夜行不休，是罪人也。

骞先生忽然记起《三国志》。

独身女人沙龙

张黎黎

夕阳粘在门窗玻璃上，黄黄的但刺眼的光钻到屋子里来。不开空调，这个时间的屋子还是闷热的，并不像人们说的“海洋性”那么美好。阿媛和小玉一进门就迫不及待地扒光了衣服，冲完凉就那样半裸着走进客厅。

张黎黎早已在茶几上堆满了七七八八吃的喝的抽的。她自称的这个所谓独身女人沙龙，成员和活动都没有什么章法。偶然的机会里相识了，有愿望，就约个时间相聚。不再有兴趣了，就不再来聚，也无须告别。

“现代都市的冷峻无情之处在于，芸芸众生身上都被着坚硬的外壳，像穿山甲。隔着相邻的洞口却也许一辈子也碰不上一面……”张黎黎说：

“而我们像风一样自由。我们可能涂脂抹粉，但不是穿山甲。除了必要的文明，我们这儿一切都是裸露的，从生活到心灵。”

在大学的时候张黎黎就是个风头人物。她进大学新闻系的第二个月，中国队在足球世界杯亚洲预选赛上击败了科威特队。央视转播一结束，全校所有的高音喇叭一齐响起了国歌。然后就是像风卷过树林一样这里那里地响起的一片含混不清的“啊啊啊啊”的喊声。一座座楼房重新通体灿然，一扇扇窗户哗啦啦打开，从里面飞出了空酒瓶、墨水瓶、热水瓶、碗、缸子、小板凳，以及一切能大声炸响的东西。

张黎黎一下掀开被子，从上铺跳到拼拢的桌子上，又一路踢着踩着桌子上的乱七八糟扑到窗子上。

“出什么事了？”

靠窗下铺的一位近视眼影影绰绰看见两条光腿，以为有歹徒破窗而入，吓得声音都变了。好半天才摸摸索索地抓到眼镜，打开了床头灯。

“你要死哟，还不下来。”

灯一亮，只穿着三角裤的张黎黎就完全暴露在窗口上。

“快起来。”

张黎黎却弯下腰，一把揭开了那个人的被子。

对面男生楼从窗户里往下砸东西的声音“乒乒乓乓”地传来。

“怎么办？怎么办？”

张黎黎急得在桌上团团转。眼睛到处搜寻，很遗憾，女生寝室的零碎肯定比男生多，就是缺少空酒瓶。她自己的开水瓶一个星期前摔碎了。同寝室其他几位一发现她的意图的时候便都护紧了各自的财产。她已经把自己的碗摔下去了，把漱口缸子摔下去了，把两只盆子也一只紧接一只地摔下去了，仍不尽兴。忽然她看见了挂在床角上的自己换下来没有洗的连衣裙。裙子是这个暑假才做的，质地和款式都属上乘，使她在舞会上大放光彩。

她的眼睛灼灼发亮。忽然蹲下身子，抓起了桌子上的火柴。

“你疯了！”

寝室全体惊呼起来。

“你们是冷血动物！是女人！”

张黎黎“轧轧”地从桌面上跑到她的连衣裙前。

连衣裙点着了。张黎黎一下推开窗户，把火苗熊熊的裙子伸出去，在黑暗中划着一个又一个圈，一面用英语喊：

“胜利!胜利!胜利!”

这束火把立刻点燃了无数火把。一幢又一幢楼的一扇又一扇窗户上亮起了一圈又一圈的火光。事后人们一致肯定，张黎黎那天晚上的形象，就是胜利女神的形象。

阿　媛

阿媛对张黎黎心仪已久。她上大学的时候张黎黎已经离校。但作为风云人物的张黎黎却是学校永远的故事。阿媛觉得张黎黎是最具现代感的女性，是大学女性的骄傲，一直引为楷模。她很遗憾自己不能有那样如火如荼的经历。在张黎黎面前，她很苍白。

阿媛的老家是个小小芝麻县，三家豆腐店，城里打豆腐，城外听得见，一头牛拉尿，从南门拉到北门，还没有拉完。阿媛出生的时候一刻不停地号了一整夜，号得整个县城都不得安生。

心大。从小大家都这样说阿媛，热天的夜晚看星星，喜欢幻想的女孩最多说有一天能到星星上去就好了。阿媛则要把满天的星星都摘下来，装到她的篮子里。

高考落榜，阿媛在家里待了两年，然后顶替提前退休的母亲，在商店里站了两年柜台。二十三岁定了亲，准备春节结婚。对象是她自己挑的，是县委书记的儿子。当地有许多人想攀这门亲，但是她一动了脑筋，别人就只有死心。男方高大，周正，很精神，不光是县委书记的儿子，自己也在县公安局当科长。

却从省城来了一帮作家，说是来办笔会。阿媛晓得了，便提出要去学习，自然马上就得到同意。县文联的头正巴不得有条路子接近县委书记，好争取他的支持。

作家大都是自我感觉永远良好的人，又大都以风流为时髦，才有几个铅字发表，便自认是空前绝后的文豪，亲朋师长一概不认，唯美女却是认得的。

有位黑而精瘦，一脸络腮胡子，胸大敞着，上面不知怎么的有一丛黑毛的，虽不怎样高大强壮，却也匪气十足。据说，在现代文明中，人种退化得很厉害，拯救人类的唯一途径是把衣服脱光，长出一身黑毛，才有生命力。阿媛对所有这一类说法都喜欢，都绝对相信。也因此就有些喜欢那位黑毛。笔会天天晚上开舞会，开始她还应酬一下别的男作家，后来就只与黑毛共舞。黑毛一旦搂住了她，也决不放手。最后那天晚上，两个人干脆就中途离开了舞场。黑毛半夜后才返回招待所，故意在黑暗中乱撞，目的是把大家都闹醒，一双眼睛放着狼一样的绿光。

不久，阿媛接到上大学的通知书。那帮参加笔会的作家一致推荐她跟自己一起成为大学首次招收的文学插班生。

阿媛离开县城时的气氛很难形容。

仅仅是上大学，还不至于这样倾城轰动。问题是黑毛来接她。他们一起大明大白地走过县城中间唯一的那条大街。他们的事早已满城风雨，她不说是，也不说不是。现在等于是公开宣布。

一直到她动身的前一个小时，县里凡沾得上边的领导和她父母都还在做最后的努力。口也干了，舌也枯了，仁也至了，义也尽了，领导最后只好说，你脱产上学县里是没有批准的，虽然书记交代过不要为难你，但时间长了，事情就难说。她的父母哭也哭了，号也号了，撕也撕了，扯也扯了，最后只好说：你出了这个门槛就莫再回来。

阿媛还是跟着黑毛走。镇街两边站满了人，一律沉默着，像送葬。阿媛高挺着本来就高的胸脯，一只手故意挽紧了黑毛的胳膊。

她根本就没有回来的打算。

倒是黑毛有些怯场，要跟她拉开距离，眼睛不敢看两边，像是就义。

阿媛在大学里很受宠。她在自己床头贴了一大圈从各类画报上剪下来的中外女明星的头像，把一张放大的自己的头像贴在圈子中心。不管在哪里，她一出现，一定惹眼。食堂里排队买饭，老是有人因为回头看她出了神，忘记跟队，使一些后来的人乘虚而入，引起一片骂声。舞会有了她，别的女孩就只有生气的份。上课她则不必逢课到堂，有的是人心甘情愿地给她抄好笔记，而且都极认真，连老师的喷嚏都尽可能地记下来。写论文又奋勇代她捉刀，并且保证判出的分比自己的还高。

最有优先权的当然是黑毛。他拿自己多年积蓄的稿费，给阿媛交各种费用，并且已经确定，一毕业即跟老婆离婚，跟阿媛结婚。老婆一直忍气吞声。丈夫带了阿媛来，她殷勤相待，生怕不周到。丈夫和阿媛要在家里过夜她就带儿子回娘家。

“你们好吧，只是莫同我离婚。”

“妄想。”

黑毛说：

“不道德的日子再不能过下去了。”

为了明志，黑毛住进大学的集体宿舍，使分居成为事实。

最初一个学期，黑毛同阿媛一有空就在一起。一个翘着胡子，敞着胸毛，一个漂亮性感，婀娜多姿，真是人人艳羡。

分手没有一点过渡色彩。阿媛忽然有一天对黑毛说，我觉得乏味，累了，不想再同你在一起了。说完，转身就走。

被关在门外的黑毛哀求，咆哮，拳打脚踢，一直到管理人员来把他拖走。一伙人把他拥去了他们时常小聚的酒馆。天亮前，一个个昏天黑地，谁也没有注意到黑毛一出门就倒下了。一个早起摆烧饼摊子的老头在他身上绊了一跤，发现他一息尚存，又见到他胸口上的校徽，用推烧饼炉的板车把他送进了学校的医院。他在医院的抢救室待了两天才清醒过来，看见老婆和儿子坐在床前。他们就从那里直接回了家。走前威胁说，我要杀了她！

阿媛听说后笑道：行呀，我等着。她晓得这个人样子很凶，却做不了杀人犯，络腮胡子，胸毛，等于是演员化的妆。

小　玉

“你行啊，”

小玉说：

“主动权都在自己手里。”

小玉也是个美人胚子，只是不像阿媛那样丰满张扬，完全是另外一种类型：清秀，白皙，像棵嫩生生的豆芽菜，让人爱怜。头发一丝不乱，紧紧地绷着，在后脑勺翘起一束老式的马尾辫。眼神总是有些说不出的忧郁，眼角有了不仔细就看不出的细密的鱼尾纹，说话声音尖细，笑起来多少有一点神经质。

“我的初恋是以被抛弃结束的。”

那个人叫方肃。这名字是他在省博物馆考古的父亲取的。先前“肃”字左边有个“玉”的偏旁，是琢磨玉的工匠的意思。后来方肃嫌麻烦，省略了。他父亲当时正写一篇有关古代玉器的论文，便随手拈了这个字过来，寄托玉不琢不成器的意思，没有想到后来会应验在一个无辜的女孩子头上。

下面出了一桩盗墓的案子，方肃随省博物馆的调查组参与调查。到的当天，地区文化局设了宴，听说他是个豪饮的，自然不放过。他也就放了量一醉方休，一半的心思在壮胆气。宴席散了，别人都拥去了舞厅，他让文化局的一个干部搀回招待所，那个人临去时，方肃结结巴巴地问：

“你们下边有文化馆吧？”

“有的。”

“那里有个小玉吧？”

“有的。”

“把她喊来。”

不久前方肃跟省报记者李木子来过这里寻山问水，李木子特地找了小玉来陪同。小玉在地区文化馆，常给省报副刊写稿，李木子就认识了她。相处的几天，方肃对小玉并没有什么特别的表示。小玉后来才知道，那时候他心里充满着的是另一个女人。

小玉敲门敲得很轻，她很胆怯，声音细嫩：

“方老师在这儿吗？”

里面一个含混不清的声音回答。

“推。”

门无声地开了。一个修长的白色的影子移进来，又缓缓地向他移近。

“是小玉吗？”

方肃两只脚垂在床沿下，两只手撑住床沿，头垂在两个肩膀中间，痴呆呆地问。

“是呀。你不认得了？”

“我喝多了。你坐吧。”

小玉挪动椅子在他面前坐下来：

“局长让我来照顾你。”

“局长，什么狗屁局长？”

“就是文化局呀，刚刚送你来的……”

“不管他，我是来看你的。”

方肃不断地晃头，睁眼，极力摆脱遮挡住小玉的一片迷雾。

“谢谢你还记得我。”

小玉清清亮亮的眼睛渐渐看得真切了。

“李木子让我来，问你有没有稿子。”

方肃嗓子干干的。

小玉转身去倒一杯茶，递给他。

“我刚收到李老师的信。”

“是——吧。”

方肃忽然很狼狈，被揭露了似的。李木子这家伙会把什么都说穿的。

“他说什么？”

“没有什么，说你要来。”

“那你怎么想？”

“我很高兴。”

“真的吗？”

“当然真的。”

方肃的呼吸急促起来。

小玉往前挪了挪椅子。

“再近些。”

小玉又挪了挪。

“再近些。”

“还怎么近呀。”

小玉的膝盖已经碰上方肃的膝盖了。

方肃把支在床沿上的手抬起来，迟疑着放到小玉的膝关节上，叉开腿，说：

“再近些，好吗？”

小玉有一点神经质地笑起来：

“你真有意思。”

方肃听出来小玉的笑并不是开心，是窘迫，但小玉还是顺从了他。

他的手顺着小玉的身体往上移动。小玉不自在地扭动着，但没有打算摆脱他。他的手在小玉的肩膀那儿停下来，就用力把小玉扳向自己。

小玉很礼貌也很坚决地撑持着，只是头垂了下来。

方肃用额头抵住小玉的额头：

“看着我。”

小玉侧了脸，看着一边。

“你喝醉了，方老师。”

“不要叫我老师。”

“那叫你什么？”

“你喜欢我吗？”

“你呢？”

“我喜欢你。”

“我不信。”

“看着我，你就信了。”

小玉不吱声，方肃感觉到她身体的颤动。

“看着我，唔。”

小玉终于看方肃了。四只眼睛在面对面顶着的额头下默默相对。方肃的眼睛里满是燃烧着的欲火，小玉则惊惶而迷惑。

方肃跟他的第一个女人夏天天几乎就是开门见山。当时他正在午睡，同屋的几位都去准备篮球赛了，他对体育毫无兴趣。有人敲门，他只穿了小裤衩去开门，没想到是认识不久的艺术系的夏天天。夏天天一闪身进来，反靠在门上，不停地拍着胸口，很夸张地说：“吓死我了。”但她脸上却一点没有害怕的神色，倒是方肃有点猝不及防。“怎么，不欢迎？还是床上有人？”夏天天说着，就径直往方肃的床前走去。方肃从她身后扑去，一下把她按倒在床上。她毫无顾忌地扭动着，喘息，“格格”地笑出声来。方肃慌了，扳过她的身子，一把捂住她的嘴：“小点声，外面人会听见的。”“听见又怎样，胆小鬼。我看你就是个有贼心没贼胆的。”“谁没贼胆！”方肃重又扑下去，死死地吻住夏天天的嘴唇，用力把她的舌头从口腔里吸吮出来。他的样子很疯，很投入，耳朵却是听着门外的动静。大学的楼道永无宁日，一伙一伙的人走来走去，唱歌、喧哗。同屋的人也随时可能回来。夏天天贼精，很快就感觉到方肃的分心，一把掀下方肃，“我是真心诚意的。”她说，眼睛里泪光盈盈，很委屈。方肃惶然起来：“我也没有假心假意呀。”“你就是假心假意。”夏天天抢白着，又竟自笑起来：“银样蜡枪头一个！”方肃不能不有所作为了。他突然揭起夏天天的裙子，他觉得脑袋爆炸似的轰然一响。夏天天就只是穿着裙子。“你不是早说过想看我吗，好看吗？”方肃的嗓子冒着烟，也不知自己咕哝了一句什么。“好好欣赏吧。”下面的夏天天小虎牙紧紧地咬着嘴唇，陶醉地闭上眼睛。夏天天心满意足地下楼的时候，管理楼道的一个老女人一眼就捉住了她裙子上的湿印。方肃因此受了留校察看一年的处分。小玉是很久以后才听说了这件事。

方肃晃了晃头，脱离开同小玉的接触。他现在对小玉提出任何要求，她都不会不答应的，小玉喜欢他，这很明白。

“小玉，跟你说句认真的，”

方肃用力睁了睁眼睛，尽可能地正襟危坐：

“你想到省里去工作吗？”

“当然想啦。”

“到我们单位去，跟我在一起，好不好？”

“当然好。”小玉的脸火烧似的热起来。

“这就是缘分。”

方肃的母亲说。几乎是见到小玉的头一眼，她就喜欢上小玉了。她抿住嘴，尽力忍住笑意，又偷眼去看丈夫。丈夫很矜持，眼睛并没有看着小玉，而是看着桌上的一本什么书，一只手指头在上面轻轻敲着，然后站起来，说：

“我上班去了，你们坐吧。”

这“你们”自然包括小玉。声音有些生硬，但那调子是欢迎的。

小玉调动的事，进展很顺利。方肃的父亲一点没有犹豫就去找了博物馆领导。几个领导很爽快地表态说：你老的事，再困难，我们也要设法解决的。

方肃的父亲觉得，除了遵照父命选择了历史专业，方肃现在的选择是使他称心的第二件大事。他对小玉极满意，私下对老伴说，这才像方家的媳妇，玉洁冰清。反而是方肃有些茫然，整天一副心神不定的样子。

“究竟怎么样？”母亲老是问。

“什么怎么样？”方肃反问。

“你跟小玉的事，装什么憨。”

“我跟小玉的事不是定了吗，老问什么，烦不烦。”

小玉第一次来，坚持不肯在方家留宿，去找了在省城的一个远房亲戚。这很让方肃的母亲赞赏：到底是规矩孩子。其实，再规矩的孩子，也抵御不了爱情的诱惑。来的回数多了，小玉明白自己已经完全被方家接纳，也就依从了方肃。她当时真是被方肃的才子气迷住了。考古学家也并不古板。早上见到从方肃房间出来有些羞答答的小玉，很随意地说：帮我提桶水到阳台上去，我要浇花。老太婆在帮方肃收拾房间时，偶尔拾到用过的避孕套，心里竟有几分欢喜。方家一桩老是悬着的心事，总算可以放落了。方肃也极力让自己相信，他是全身心喜欢着小玉的。虽然小玉同夏天天是两种不同的韵致，但同样作为女人，夏天天所有的，小玉都有；而小玉的单纯，小玉给人的安全感，小玉的决不会伤害人，夏天天都不具备。小玉是一片月光，一丝清风。夏天天是酷夏的阳光，是风暴。跟夏天天在一起就像是玩火，不知什么时候就会给弄得焦头烂额。

但小玉很被动，很生疏，尽管也很认真，很投入，很想积极地配合他，响应他，但却笨拙并且生硬。这常常使方肃感到不满足，觉出一些隔膜。尤其是当他意识到他的这样那样的要求，常常是一种跟夏天天在一起时那些方式的重复的时候，他就会生出一种莫名的悲哀，为小玉也为他自己。他内心深处，还在隐痛着，夏天天赖在那里，是赶不走的。

夏天天是在大学被方肃从别人手上弄到手的，那时候方肃是学校里有名的风流才子。毕业的时候，因为方肃留校一年，夏天天回了北方老家，打算等方肃毕业再调到一块来。但方肃毕业后，夏天天却有了变化：先是不想调回来，然后是勉强领了结婚证却迟迟拖着不办婚礼，最后是寄了一叠子她和她所在公司的香港老板的很暴露很亲密的照片来。方肃就是在接到这叠照片后参加那个调查组去找小玉的。

那年年前，夏天天竟来了。论法律论事实，她都是方家的媳妇，下了火车，她就径自叫了出租车“回家”。事先她已经打过电话，说来取方肃方面的证明，以便办离婚手续。

父亲铁青着脸训斥方肃：

“为什么不早些开了证明给她寄过去呢？难道还存什么幻想？无用东西！”

母亲附和：

“贱！”

但她骂的夏天天。

“不准去接。”

两个老的都很坚决。

夏天天是第一次上方家的门，第一次见到方肃的父母，但是她好像已经在这里住了一百年了。她给自己倒水，喋喋不休地说着一路上的辛苦，又把带来的东西堆了一桌子，这个送谁谁，那个送谁谁，别人无动于衷，她一个人忙得不亦乐乎。

方肃父亲先是瞪眼看着，终于一甩手走了出去，差一点把“厚颜无耻”说出口。

方肃母亲一下乱了方寸，说：

“姑娘，你不要忙了。”

“忙？我忙什么？”

“你那些东西我们不要。”

“为什么不要？顶好的呀。为了买这些，我跑了好几天。”

“我不是……我是说……你今天住哪里呢？”

“住在家里呀。”

夏天天的样子很天真。方肃母亲的嘴抖了半天，对方肃说：

“你自己看着办吧。”

第二天早上，方肃对被愤恨煎熬了一个夜晚的父母亲说：

“我和天天不准备离婚。”

“滚出去！”

靠在床头抽烟的父亲随手抓起床头柜上像坟墓似的堆满了烟头的烟灰缸朝方肃扔过去。

他们——他、他的父母还有李木子，谁都没有向小玉提起过夏天天。小玉事先一点也不知道有这么一个已婚妇人的存在，她同方肃的关系具有法律的意义而自己没有。自己是可以被招之即来，挥之即去的。她的出现只不过是为了填补某个男人的空虚。她生长在一个小地方，囿于见闻，涉世未深，却情窦初开。她被一个美丽的幻想所召唤，没有想到也想不到那丛烂漫的鲜花底下是深渊。她甚至在一脚踏空的时候还反应不过来到底发生了什么事。

本来讲好了，大年初一方肃到县里小玉家来拜年的，他应该来见一见未来的岳父岳母，如果顺利的话，应该谈到婚嫁事宜。但是他没有来，初二等了一天，他仍没有来。她想，春节期间，他一定有很多应酬，那么她去看他，给他一个惊喜。

小玉在方家出现的时候，他们显然也是没有做好应变的准备。方肃父亲忽然感到心脏不适，眩晕着把撑住桌子，尽量使自己保持稳定，让老太婆把他扶回房间。方肃母亲把他安顿下来之后，竟不知道怎么回到客厅去，怎样面对小玉，站在房门后面迟疑着，欲哭无泪。

是方肃自己解的围。

方肃把夏天天带到客厅，很平静地微笑着向小玉介绍说：

“这是我妻子。”

方肃的声音很空洞，笑是僵硬的，眼睛里忽然现出惊恐。他一定看见了一种粉碎，一种迸裂，发生在一个玉一样纯洁无瑕的女孩子身上！他一定感到了这是一种罪孽！方肃和李木子曾仔细研究和讨论过小玉的面相：很美，却是一种薄命的美，给人的感觉像一只晶莹细腻的薄胎花瓶，随时有粉碎和迸裂的可能。她的眼神里经常有一种清澈的怯生生的企盼，那是很容易被惨痛和愁苦取代的。她太脆弱了，经不起哪怕是最轻微的伤害。而现在她是一个被任性、不负责任所宰割的羔羊。她在交出自己的全部的时候毫无防范，充满了喜悦。她是纯真爱情的一个稀有标本，这在今天已是凤毛麟角了。方肃后来对她说过，他不能战胜诱惑，不能战胜自己，他没有向善之心，他甚至是邪恶的，因此不配享有小玉。但是这样的话，他应该说在前头，而不应该说在事后。现在这样说反而更像是一场预先周密策划的阴谋。

事实上方肃后来过了他一生中最得意的一段日子。父母亲最终屈服于自己的怜子之心，先前为小玉提出的调动请求，现在落实到夏天天身上。春节过后夏天天很顺利地调入了省博物馆。

省博物馆已经基本上说不上有什么业务活动，除了一些打祖先遗产主意的人，社会上难得有多少人关心几百年、几千年乃至几万年前的祖先。好在博物馆占据的是城市最中心的位置，先前的展品全部入库封存，空出展厅，出租成商业楼。一度冷清的博物馆竟红火起来，日子比先前清闲，收入却成倍增加。旧“三民”（“烟民”、“酒民”、“渔民”——钓鱼之民）主义变成了新“三民”（“赌民”、“股民”、“狗民”——养狗之民）主义。方肃两口子都不用上班，而收入颇高。方肃每天怀拥美妇，呼朋引类，饮酒品茶，高谈阔论，庆幸赶上了一个好时代。

屋里亮起了壁灯，柔柔的。音响的音量开得很低：小提琴和中提琴在忧伤和甜美地对话，长笛悠然低鸣，丝弦努力应和，间以铜号黑暗的喉音。没有人能挡住音乐的魅力。心里寂寞的时候，音乐便容易让人把心掏出来。不同的人都能从相同的或不同的音乐中，领悟出似乎是专门为他们谱写的那种无音符曲调，即人生之曲。

阿　媛

“要是果真有主动权倒是好了，可惜没有。”

阿媛一面听着小玉的故事，一面仍想着小玉对她的感叹。

阿媛跟黑毛分手是因为一位艺术系的青年教师。他来请阿媛给他的学生当模特，说以他的眼光看来，她太完美了。他喜欢用拖把在墙上画画。阿媛看不懂，就有了崇拜。他不像黑毛，凡以为阿媛不懂的事就滔滔不绝地解释半天，其实是借机卖弄，很浅薄。艺术家很深沉。他在阿媛赤裸的身上涂满各色油彩，然后让她从一块平铺在地上的画布上滚过去，说：

“这幅作品的名字就叫《四季》”。

看着浑身光怪陆离的阿媛，又问：

“明白吗？”

阿媛一味点头，她未必明白，但相信这艺术的伟大，并因为自己参与了这样伟大的艺术创造激动。

“可惜这艺术，包括你和我，在这里、这鬼地方，是得不到理解的。”

艺术家很忧愤。

“那就出国。”

阿媛说。她记起自己老家那个小县城，觉得整个中国其实也就是那个小县城的放大。

“我愿意跟你走，走到天边。”

然后是长久的透不过气的热吻和顺理成章的上床。

其实他早已在办出国手续。他跟阿媛认识一个月后拿到了出国签证。临行前他没有把准确的登机时间告诉阿媛。阿媛那天晚上照例去他寝室的时候，见到门上贴了张字条：

“艺术家是无拘无束的，忘了我。”

阿媛头一回尝到了被抛弃的味道。她有些怨恨。如果发生“抛弃”这种事，只该是她抛弃别人，而不该是别人抛弃她。仅此而已。她同那位中国容纳不了的艺术家说不上有什么深刻的感情。在大学里，所谓“爱情”已经有了中世纪的霉味了。随后她独自去了外籍教师楼。她和那位艺术家曾经常去那儿跳舞。

那天晚上的舞会之后，阿媛很欣然地接受了一个也很伟大的叫作罗斯福的美籍教师的邀请，陪同他去散步。

夜色很好。校园里那座树林环绕的湖，烟笼寒水月笼沙。阿媛同罗斯福相与步于湖畔，林中如积水空明，水中藻荇浆横，盖枝丫影也。何夜无月，何处无树枝，但少有心人如此两人耳。

阿媛同罗斯福并肩走着时有一种奇怪的感觉，老觉得那个艺术家就在林子中不远的一棵树后面窥探着她，且妒火中烧。因而觉着一种报复的快乐。因了这快乐，她越益亲昵地靠近了罗斯福。

情绪便有了一种微妙。

罗斯福彬彬有礼，文雅中透着一种优越。阿媛温言软语，显着小鸟依人的温柔。

那夜他们说了很多，起初的话题是关于中西文化比较，这是大学里最热门的话题之一。双方都用的英、汉相杂的语言，但意思大致是明白的。

罗斯福竟是东方文化的崇拜者。为此，他抛妻别子过了太平洋。妻子最近告知他已向当地法院申请离婚，他有些忧伤，但还是决定同意妻子的请求。这使他成为东方文化的一个牺牲。他觉得值得。他在中国的经历只是使他越来越加深了对古老的、深不可测的东方文明的迷恋。他很难理解为什么中国人、特别是许多高文化层的知识分子反而跟他做了双向逆反的选择。

阿媛对罗斯福的高论大不以为然。她认为在西方出现的这样一股追寻东方古典文明的思潮，无外有两个原因：一个是在高度发展的物质文明的基础上对精神解放的需求。同时现代西方对东方文化渊源的发现，以及由这种发现引起的思维复归，是经过了科学洗礼的否定之否定，其思维的立足点同东方人自己的保守传统完全处于不同的科学层次。另一个原因，不客气地说，就是出于盲目。事实上东方文化远不如西方文化优越。东方文化是杀子文化，传统高于一切，充满死亡的气息；西方文化是杀父文化，目光永远注视着未来，充满了蓬勃生机，这差异几乎表现在一切方面，比如建筑，她指了指树林外面的那些教学楼，讲究的是均衡、谐和、秩序，处处流露出专制的神圣。而西方建筑，挺拔、高耸，显示出竞争和探索的意识，是自由精神的象征。

这些话，三分之一是“贾宝玉”说过的，三分之一是艺术家说过的，还有三分之一是阿媛从各处听来和看来的。

罗斯福很惊讶，默默地注视着越说越激动的阿媛，忽然仰起脸大笑起来。

“真是不可思议，”

罗斯福说：

“我们源于不同的文化，却又同样热烈地向往对方的文化。这显然是一个福音。”

罗斯福意味深长地翻着他的灰色眼睛。

阿媛大胆地迎接着她所仰慕的西方文化代表的暧昧注视。

罗斯福很自然地伸开了有力的西方臂膀，接受一个东方女性的如水柔情。在两股同样激烈地否定自身产生的相向力推动下，实现东西文化的冲撞、交合和融汇。

罗斯福聘期届满，正当阿媛毕业。阿媛想，他自然不再续聘，而是携了他所迷恋的中国文化的代表，返回美国。为此，她以同罗斯福缠绵之外的全部精力，加紧了英语的学习，把那面贴满明星和她自己头像的墙全部换上英语单词。等她有一天终于和盘托出了她的想法时，罗斯福竟然唤猪似的连喊了几声“捞”。

罗斯福说他对中国的感情远甚于美国，他认为美国是一个没有历史、没有根基的国家，是暴发户。只要有可能，他就要永远留在古老、神秘、美好的中国，正因为这样，他才爱上了阿媛。

阿媛瞠目结舌，没有想到遇到的真正是一位同自己一样狂热的爱外国主义者。她原以为罗斯福那些关于东方文明的观点只不过是勾引她的一种伎俩罢了。她想嫁的是一个美国人，不是所谓“东方文明”。

真正使阿媛对罗斯福绝望的是不久后发生的一件事：一位神色憔悴的漂亮女人抱着一个金发碧眼的婴儿到大学里来找儿子的父亲。她是省城唯一一家五星宾馆的服务员。一年前同来华做外教的罗斯福结识。当时她同当出租车司机的丈夫结婚不久，一年后却生出了罗斯福的儿子。现在被宾馆开除，丈夫也同她离婚，只有来找罗斯福。罗斯福曾经那么疯狂地表示过对东方女性的迷恋。她相信这迷恋还在。

她忘记了东方女性并不是她一个人。

“猪！”

最后一次见面的时候，阿媛用英语骂道，让罗斯福领略了东方女人的与贤淑、典雅相映成趣别一种风姿，也使自己的同胞扬眉吐气。立刻有人写了文章在报刊上发表出来，表扬阿媛的民族尊严。

阿媛自己则说：见你们的山鬼去吧，我才不作兴！

她后来在特区一家中日合资的公司应聘文秘，并且很快就适应了新的环境，很快就看出周围那些全副名牌包装的男人和女人并不都具有同包装相称的价值。一个温文尔雅得像教授的经理，也许两个月前还在内地的劳教所挑粪桶；一个冷傲高贵得像公主的小姐，也许正在为肥佬被别人夺走而暗自神伤；一张烫金的名片标明的一个大公司完全可能只是手持名片的这一个人。

看透了这些，阿媛就有了足够的自信。她毕竟是有经验的成熟的女人。只要有耐心，谁都有可能等到属于自己的机会。

尽管有这样的心理准备，机会到来的时候阿媛还是有些意外。

那个下午，她像往日一样埋头在电脑上，一个人在她身边站了很久。她感觉到了，并且肯定了这个人是在注意着她，她仍不抬头。她现在已经学会了用严肃武装自己，只是用眼角的余光去瞟。这是一个她在公司里从来没有见过的人。但从他的鞋子、裤子、腰带，从他站立的姿态和停留时间之久，从公司经理同他保持的距离，从整个写字间的悄没声息，她意识到这个陌生人的不凡。真是这个王国的“国王”中岛总裁来了？中岛王国是一个企业几乎遍及全球的跨国公司，几天来就在传说中岛本人要来。她的脑子“嗡嗡”作响，但是很快就镇定下来，她没有理由恐惧。中岛同她之间相距得太遥远，遥远得像星星和地球。何况他未必真是中岛。

下班的时候，她被通知去经理室。中、日两方的经理都在，他们对她笑笑，请她晚上跟他们一起去参加一个舞会。

舞厅就在度假村里面。在这里，她见到了下午站在离她不远的地方注视过她的那个人。

正是中岛。

中岛是很典型的日本人，很礼貌，也很生硬，坐在那里，腰身挺得笔直，脖子僵硬着，头略略前倾，双手放在两个膝头上，老半天沉默着，一动不动。他还不到四十岁，作为一个跨国公司的总裁，似乎年轻了些，但他那份冷漠和严峻却不容你对他的地位置疑。见到阿媛他们，他的表情略略松弛。很快又恢复了僵硬。领阿媛来的两个经理说了个什么理由就诺诺告退。留在舞厅里的只剩了中岛和阿媛。

这场戏接下去会怎样演变，阿媛当然完全可以想象得出。在特区，类似的故事太多了，她并不拒绝扮演其中的角色。她并不以为她来特区的目的就是把自己埋没在打字、复印、跑公文、接电话、开闭电脑以及陪同宴客跳舞中间。尽管这一切刚开始时使她觉得新鲜激动。但她不可能满足于这些。她现在就面对着一个全新的机遇。面前这个人不是牛皮烘烘却寒酸潦倒的作家和去外国街头摆画摊的艺术家，不是冒充学者的外国无赖，不是那种金光闪闪却难掩粗俗的内地新贵和港、澳、台小财主，这是一座财富和权力的大山。他怎么会注意她的呢？他什么女人见不到得不到呢？对他来说，阿媛顶多像当地早茶里的“凤爪”，还没有啃干净就会吐掉了。但她是想要把满天星星装进篮子的人。她很快就压制住了几乎要从中岛身边逃开去的恐慌。

中岛仍旧不说话，也不看阿媛。他动动手指要了两杯洋酒，把其中的一杯推到阿媛面前。

“我不陪酒。”

阿媛微笑说，心很厉害地跳起来。连她自己也不知道这句话是怎样跑出来的。

中岛的眉毛扬起来，头缓缓抬起，盯住阿媛：

“为什么？”

中岛的汉语很纯正。

“没有习惯。”

阿媛鼓足了勇气：

“我从来没有这样做过。如果您一定需要，这儿有职业小姐。我走。”

“您是公司的雇员。”

“我的工作是文秘。”

“我可以通知他们解雇您。”

“听便。这是你的权力。”

阿媛站起来。

中岛却一把抓住了她的手。

“请坐下来。”

阿媛挣了一下，没有挣脱。

“请吧。”

中岛又咕噜了一声，仍旧是不柔和，但是恳切：

“陪我坐一坐，行吗？”

阿媛重新坐下来。她听到中岛收回自己的手时长吁了口气。

接下来又是那种日本式的僵硬沉默。中岛没有再让阿媛喝酒，自己也没有喝，舞曲已经响了几番，他也没有要请阿媛跳舞的意思。他仍旧笔直地坐着，但是眼神不再逼人，在闪烁不定的幽暗灯光下，显着迷惘，像入了梦幻。

关于这位总裁，公司里有过许多传说。中岛家是望族。祖父和父亲都是军火商人。中岛的父亲在中国经商的时候结识过一个极美丽的中国女人，这女人后来很悲惨地死于日本军人的南京屠城。中岛父亲晚年的生活也很不幸。起先，远行回来的父亲对儿子含混不清的故事难以相信，在那个故事里，自己的妻子同一位美国军人在做一种令儿子惊异的游戏。后来，这故事终于由妻子自己证实。妻子离开他们去了美国。

“中岛父亲因此有了对中国女人的怀念和对美国人的仇视。

这一定深刻地影响了中岛。

中岛公司是最早到中国特区来投资的日本企业之一。

中岛至今独身。

他也许在继承父亲遗产的同时也继承了父亲的梦？”

这些念头使阿媛吓了一跳。她悄悄看了一眼中岛。中岛却像是忽然从梦里醒来：

“对不起，刚才我失礼了。”

阿媛笑一笑：这个日本鬼子，跟他们政府一样，过了半个世纪才来道歉。

“可以问您一点事吗？”

“什么事？”

“……私事。”

中岛用手慢慢转动着自己的杯子，眼睛看着微微晃动的酒液。

“比如……你结婚了吗？”

“没有。”

阿媛摇摇头。

中岛的眉毛扬起来：

“那么，有男友了吗？”

“当然。”

阿媛说。

“哦，对不起。”

中岛的神色黯淡下去：

“那太好了。”

“不好。”

阿媛收敛了笑容，叹了口气：

“相反，很糟，糟透了。他是个美国人。”

阿媛接着就讲起了罗斯福，讲起罗斯福的无耻，讲起美国人的实用主义的低劣。

中岛默默地转动着酒杯，手不时会有几下难以觉察的抖动，牙骨一跳一跳。

那只杯子终于停止了转动。

阿媛感到了呼吸的急促。序幕将要结束，正场将要开始。

中岛却忽然站起来：

“今天，很对不住，打扰您了。现在，请允许我来送您。”

阿媛怔住了。

“请。”

中岛又说。

阿媛极力稳住自己的步子。脑子空空的，脚下像踩着云。

整个晚上，阿媛都在怨恨自己：戏演得太像了，把他吓着了。又想，这日本鬼子也太差劲，简直不是男人。

第二天是假日，阿媛打算蒙头睡它一天。

却接到了中岛本人打来的电话。仍旧是那种很阴沉但很恳切的声音，邀请阿媛去他住的宾馆共进午餐。

“您来吗？”

因为好一阵没有听到阿媛的回答，中岛似乎有些急。

阿媛在极力控制着自己：

"我来。"

放下话筒，她全身就猛烈地抖动起来，痛快淋漓地哭了一场。

洗澡。化妆。更衣。阿媛发现自己是百分之百的穷人。洗浴液、化妆品、衣服，没有一样可以同中岛这个名字相接近。她想干脆不描眼影，不涂唇膏，不喷香水，不穿时装，就那样去见中岛。这也许更多几分浪漫：一个王子爱上了一个灰姑娘。

有了昨天晚上的经历，阿媛不再敢作这样的冒险了，她不能拿她一生都在向往的幸福作赌注。她很快就做出了介乎两个极端之间的选择：化了淡妆，略略点染一下本来就有的妩媚。香水、内裤和乳罩则是在免税商场倾其所有买的最昂贵的那种。回来后对着镜子欣赏，忽然明白这消费并不是供自我欣赏的。这使她有些窘。

现在她清清楚楚地意识到自己要去做什么事。有什么可窘的呢，她想，女人就是为了男人存在的，最好的女人就是为最强的男人存在的。

中岛居然在宾馆的大堂等她：

"你真的来了，我很高兴。"

中岛一改昨天的矜持，脸上的线条柔和了许多，显得更年轻。

"今天是我和你的。我让他们谁也不要来打扰。"

穿过被花木掩蔽得幽暗的通道的时候，中岛在阿媛的身边轻轻说。

“再一次向您道歉。”

中岛把酒杯举起来，看定了阿媛。

“中岛先生，您不必这样。”

阿媛又有点想哭。

中岛比阿媛先有了醉意。一杯接一杯地干下去，阿媛只是觉得脸有些发热，中岛的眼睛和舌头都直了，他拼命晃着脑袋，似乎是把满脑袋的酒意晃出去。

“你像我父亲认识的那个中国女人。”

中岛努力把头抬起来，忽然说。

也许是，也许不是，这并不重要。阿媛静静地看着中岛。

中岛又沉默了，眼睛看着窗外的大海。大海很平静，波浪在涌动着，却没有声音。很远的地方，泊着一只货轮。

在那大海上淡蓝色的云雾里
有一片孤帆在闪耀着白光……
它寻求什么，在遥远的异地？
它抛下什么，在可爱的故乡？

阿媛自己就是这样一片孤帆。那么中岛是不是呢？他的沉默里有没有忧伤？在财富和地位之外，他也有失落和寂寞的吧。

“我要走了。不知道什么时候会再来，几个月，或者是几年……”

中岛自言自语。

“我要带你走。”

阿媛希望中岛这样说。中岛却转过脸，说：

“我喜欢你。”

意义是一样的。阿媛觉得。

“谢谢。”

中岛又去抓酒瓶。阿媛用手挡住自己的酒杯，决然说：

“我不想喝了。我想休息。”

“对不起……”

中岛摇晃着站起来：

“我们走吧。”

在大堂，他们见到阿媛供职的这家合资公司的日方经理。他早就来了，在这里徘徊着。再有几分钟，他就不得不去惊动中岛了。

中岛立刻就清醒了：

“还有时间吗？”

“有一点，不多。”

中岛必须在今天下午赶到香港，去出席当晚举行的一个业务酒会。就是说，中岛关于“今天是我和你的”的许诺是不真实的。一切在事先已经严密地确定了。

“没有办法。”

中岛满脸歉疚地对阿媛说。然后不由分说地揽住阿媛的肩膀，把她带到大堂一侧的购物部。

“需要什么，挑吧。”

“我需要你。”

阿媛想喊，没有喊出来。她摇摇头，满眼是闪闪的泪光。

“我没有别的意思，我只是希望你相信我对你的尊重。”

“谢谢。”

阿媛嘟哝了一声，说不清是感动还是嘲讽。

“如果您一定要这样做，就送给我这个吧。”

阿媛咬咬嘴唇。

中岛很惊讶，他看见阿媛手指的是一串廉价的玻璃风铃。但他似乎立刻就懂得了这串风铃的含义：

“好的。”

他同时用两只手掌按住了阿媛的肩：

“我会想你的。”

“但愿是真的。”

阿媛的肩不顾一切地耸动起来。

中岛一去无消息。她每天都在等着中岛在世界的某一个地方给她打来电话，写来信，或寄一件小礼物，到晚上临睡前都还警觉着。她又注意着公司日方人员的表情，极力从他们脸上搜寻有关中岛的信息。终是一无所获。

中岛确确实实地存在在这个世界上。

中岛又似乎确确实实地从这个世界上消失了。

阿媛没有事就看着那串风铃发呆。她没有把那串风铃挂起来，仍旧让它留在精美的包装盒里，像一具灿烂却破碎的尸体。

张黎黎

"一个同样感伤的故事。"

阿媛讲完，张黎黎鼓起掌来，脸上一点也没有感伤的意思。她对阿媛讲得如此认真而动情的故事早已司空见惯。她光着脚在地毯上摇来晃去，要不就斜躺在沙发上，开得很低的领口上露出一大片乳房，胸口上的首饰闪闪发亮，明显富裕的脂肪掩盖着历经沧桑的痕迹，成熟得就像一触即落的果实。一边听故事一边喝着酒，使她格外兴奋，充满戏剧性冲动。

"你们应该知足了，跟你们比起来，我真是一贫如洗。你们的爱和被爱都有过实质性的拥有，而对于我，所有那些都只是虚幻的梦境。"

在大学，唯一追求过张黎黎的是经管系硕士程志。当时他正为“科学文化普及运动”奔走呼号，成立专业公司，组织研究生们为企业提供市场预测和发展咨询。校方自然是全力支持，也得到几家企业的口头允诺。进一步的目标是将公司发展成为中国的兰德公司、中国的伦敦战略研究所、中国的罗马俱乐部、中国的野村综合研究所、英国的系统研究所，最终超越所有这些智囊科学集团，成为全球第一位的思想库。

公司成立大会结束之后，程志挥着拳头在走廊上大叫大喊：啊，人们，砍我一刀吧，砍出伤口来，让我立刻感到痛苦。免得这汪洋大海一样冲过来的欢喜把我生命的海岸给冲破了。

车队像一阵风似的卷过湖滨林荫路，跑在车队最前头的是张黎黎。她不时从车把上抬起重量级的身子，向后扬起手，“啊啊啊啊”地呐喊着。只是这时候，才能比较有把握地确定她的性别。否则，凭她的“叔叔头”，凭她的衬衫扎在牛仔裤里，很难把她从车队的男性中区别出来。她背上斜挎着一把极大的吉他，在阳光下闪着刺眼的光。她其实一点也不会弹。那闪闪发亮的六根弦只是她的现代感的一种符号。

张黎黎是这个车队唯一的女性，兴奋得活像“啤酒桶。”由于肥胖，她得到的异性青睐比女伴少得多，但她从不以此为意，从不为减肥操心，从不节食。这有什么，她说，肥胖本身就是一种美。如果把米洛的维纳斯按比例缩小到她现在的一米六十，那维纳斯的胸围将是九十厘米，腰围将是七十二厘米，而臀围将是九十六厘米。这同她目前的三围几乎是相等的。她的山西老乡杨贵妃也是女胖子。何况，事业型的现代女性根本不屑谈论这类无聊的话题。她缺少少女品德的主要装饰腼腆，说话像歹徒的情妇，说的却是地道的研究生的问题。进研究生院，头一次旁听研讨会就挺身而出成了那次研讨会的主讲。讲演的主题是《我心目中的男子汉》，光是这个题目就使其他经院气的宏论黯然失色，一下就抓住了程志。

到达预定野餐的地点已近中午了。湖边的小山，亭台楼阁掩映在茂林修篁之间，山阴道上清风沁人。硕士博士们的喘息刚平，汗气方消，就开始了论战。程志和张黎黎远离了人群，很亲密地坐在一棵老树裸露的粗大的根须上。未来的法拉齐在采访未来的中国兰德公司创始人。他们都失去了平时的狂放。程志很拘谨，甚至局促不安，但又明显地充满了热情。他第一次见到张黎黎的那天，一直沉睡的春潮突然之间涌动起来。从他现在这副乖孩子的样子看起来，他似乎应该同张黎黎交换一下性别。张黎黎则因此受到约束，变得少有的轻言细语，似乎生怕碰伤采访对象的某一根脆弱的神经。

程志字斟句酌，精确严谨：

“我们是责无旁贷的。中国已经被自己的历史压得直不起腰。我们应该是受旧意识制约、受经典形象限制的最后一代人，同时又真正实现观念现代化的最先一代人了。我们是天边出现得最早的一抹朝霞。”

程志抬起头从树缝里看着远处的湖面，正午的阳光下的湖面波光粼粼。

“是的。我们也许没有什么可骄傲的，我们不过是一群书生，甚至是一群稚童。但我们可以夸耀我们将成为一代全新的人。我们是一首诗，是一个玫瑰色的梦，是正在成长而未长成的世界。”

张黎黎也享受似的眯起眼睛。

如果说其他人的论战是一本书同另一本书的交锋，程志和张黎黎则是用格言和诗对话。一直到营火边的不锈钢勺子与铝盆子敲得山响了，他们才如梦初醒。

但张黎黎对他或许有赞赏，却始终觉得他只不过是个天真的、强作阳刚气的奶油小生。那时候在她心里最隐秘的深处占据着的是法律系的硕士生魏振华。

魏振华是绝对独往独来的人，即使你踩了他的鸡眼，他也决不看你一眼。他永远沉默着，脸上毫无表情。他睡的木板床上长年连一张草席也不铺，枕头是一小块从基建工地搬来的花岗石。他冬天穿着单衣单裤，接近夏天了，却又不摘下冬天带的口罩。他吃得很少，每次都只买最便宜的菜，有时只是几根酱菜，因为营养不良而形容枯槁。无分寒暑，他每个晚上都去学校后面的湖里游泳。湖很大，在那里训练的职业运动员一般只游到湖心就返回，他每次都从此岸到对岸游一个来回。他年年都拿到最高的奖学金。这些钱他都花在旅游上。他旅游也是个独行客。他在冬天的半夜里爬黄山的天都峰，结果下山时冻卧在雪地里，被几个上山送菜的山地农民救了下来。他在新疆的戈壁滩中暑，发着高烧，迷了路，断粮断水两天两夜，却奇迹般地生还。这些事都是当地的有关部门通知学校的，他自己则从来缄口不言。除了学校掌握的案卷，一般人不知道他的家世和经历。他孤独，阴沉，象十字路口的一座小庙。他精瘦却藏有强悍的力量，像冬夜冰雪覆盖的草原上一只离群的狼。

这样一个人，却一改面貌，以极其明确的、毫无保留的态度投入了一项远非明智的群体冲动。

那个夜晚张黎黎点燃连衣裙之后，接着就是一个全校性行动。她在浩浩荡荡的人群中忽然看见了高高扬起床单当作旗帜的魏振华。那一瞬间，胜利女神的心突然被爱神的金箭射中。张黎黎曾经因为一向的粗心大意而忽视了魏振华的存在。她对当代中国男性一向持的是悲观主义。她那次发表的关于男子汉的演说中列举了阴盛阳衰的种种现象，痛心疾首地发出了“中国的男人到哪里去了”的慨叹。魏振华流星般炫目的一亮一瞬间粉碎了她的女性的骄傲，使她一下子记住了一张铁铸的冷脸。

她一直紧随着魏振华，口号喊得特别卖力。她希望魏振华听见她的声音，注意到她，哪怕只是瞥她一眼。可是沉没在汪洋大海中的魏振华并没有注意到身边的海水同别的海水有什么两样。她不禁暗自有些沮丧。她突然感到了自己的女性的低微。她曾在那次著名演说中宣称：不要以为自己是女流，便应该安于平庸；不要以为爱情应该在势能差上才能稳固；不要以为他因为是他，我便应该是我；不要以为——女同胞们——现实生活制造一个个限制，我们便应该甘心俯首于一个个枷锁！然而现在，她却意识到了现实的无情。她不得不把自己的爱情比作一个可怜的印第安人对太阳的崇拜：太阳虽然照耀着它的崇拜者，可是它并不知道崇拜者的存在。

第二天她径直去找魏振华。没人开门。开饭的时候她在食堂等候。他来了，她走过去，自我介绍。他不答话，看了她一眼就走开了。当天晚上她守在他的窗口下。他游泳回来屋里亮起灯光，她直接推开了他虚掩的房门。

她的勇气是从法拉奇那里来的。以采访最高政治领导人著称的意大利女记者法拉奇有一次直接闯入一位国王的游泳室，坐在他堆在游泳池边的衣服上迫使那位专横的一再拒绝她的独裁者终于接受了她的采访。

魏振华有些惊讶，但很快就板起了脸孔。

“我想跟你谈谈。”

她说。

魏振华避开她咄咄逼人的眼睛：

“请你出去。”

“你应该请我坐下。”

“请你出去。”

“你对女性也太没有礼貌了。”

“请你出去。”

“太没有教养了！”

她不得不出到门外之后，恶狠狠地带上了魏振华的房门。走到大楼外面，她看看那窗口，又大声骂了一句，弯腰从地上摸起一小块碎砖向那窗子掷过去。那个夜上，她整夜都在咒骂：“天使般的魔鬼”、“鸽子似的乌鸦”、“羊的面孔下藏着狼的心肝”，尽是这一类自相矛盾的比喻，心在爱与恨之间挣扎不休。

魏振华有一天晚上像平日一样出去游泳，再也没有回来。他的踪迹是在一个月以后找到的。在青海境内的长江上游的一片乱石滩上，当地牧民发现了他的尸体。他背上的防水背包完好无损，其中有他的关于这次长江漂流的专题日记。从日记中看出早在少年时代，也就是比第一个长漂者出现之前的很多年，他就有了长漂的想象。至于为什么到现在才付诸实施，日记中没有透露任何信息。日记的最后一则显然是他罹难前留下最后的文字，只有一句莫名其妙的话：

“我已经准备就绪。”

很快有人指出，这是一九二一年以“新自由”口号当选的美国总统威尔逊面对死神说的最后一句话。

这之后许多人才知道，魏振华父亲在“文革”期间自杀，他随当中学教师的母亲下放农村。不久，母亲即被当地公社革委会数名负责人奸污。事发后，县级革委会为维护该公社“红旗单位”荣誉，将女方定为坏分子逐出公社中学，遣送到该公社最偏远的生产队务农，又被大队干部以性暴力施以专政。晚上被大队干部占有，白天则被生产队长随意强暴。母亲恳求能避开儿子眼目，干部们往往不允，反而令其观之，以增加心理的快感。母子稍有抗拒，即中断口粮供应。落实政策回城后，母亲精神失常。魏振华由父母原单位抚养至考上大学。魏振华潜心攻研法律。假期往母亲下放的乡村考查。调查结束时却被乡政府扣押，调查报告当场被没收撕毁。魏振华抗议，遭到毒打。事后他向当地司法机关投诉，得到的答复是一定作出严肃调查处理。结果是无人证实他所诉事实，法律程序遂告中断。对此，他返校后仍是只字未提，唯一留下的痕迹是他交给法律系学刊一篇洋洋三万言的公民权利论文。其中的许多例证出自他的这些经历。那篇论文因为许多观点使编者感到棘手，未能及时发稿。

魏振华死后，张黎黎写了一篇祭文。在文章的末尾抄录了法拉奇为与自己同居过三年的六七十年代在希腊政治舞台上风云一时的亚历山大·帕那古利斯写的纪实小说《人》中的一段序言：

> 这是一位英雄的寻常神话，他在遭受践踏、屈辱及不被人了解的逆境下孤身奋战。这是一个人的寻常故事，他不屈服于任何教会、任何潮流、任何思想模式和绝对原则，不管它们来自何方，带什么色彩。他崇尚自由。这是一个人的寻常悲剧，他不肯随波逐流，不甘逆来顺受，而独立思考……这就是你的神话。当没有指针的时钟指明我记忆的道路时，你是我唯一可能找到的，躺在九泉之下的对话者。

然后，张黎黎下决心要把她记得的一切事情，把她从书本和阅历里学到的所有都忘个一干二净，让自己的脑子里只剩下某种不可知的主宰告诉她的话吩咐她做的事。她参加一切可能参加的舞会，同一个又一个男性恋爱，直到堂而皇之地把外校的一个比她小三岁的本科男生带到自己的床上。

跟张黎黎同寝室的两个女生早上起来，不约而同地发现了张黎黎蚊帐紧闭的床前凌乱地丢着两只女鞋，两只男鞋。蚊帐里传出极深沉甜蜜的酣息。是两个声音，一悠长一短促，一粗犷一柔弱，很和谐的男女声二重唱。

在上次行动引起的轩然大波渐趋平息的时候，张黎黎再度成为轰动全校乃至全市高校的新闻人物。

给张黎黎的处分是开除学籍。这是保卫部门坚持的结果。为此，校长深感惋惜，私下埋怨不该把这件事报告校保卫部处理。如果由校行政处理，记一次大过足矣。张黎黎是她所在的那个城市文科高考第一名。校长对此留有深刻印象。

对张黎黎过于严厉的处分也引起了一些学生的不满。她并没有妨碍什么人。宙斯和夫人赫拉曾问提瑞西阿斯，爱情给男女二者谁带来更大的快乐，预言家的回答是女人。女人有这种特权。

张黎黎离校的时候许多人去送她。她看上去已经不那么像维纳斯或杨贵妃了。她的周身已经被心理学上的暴风雨吹打过。在爱情上，胜利女神成为彻底的失败者。

屋子里那个舒缓幽然的音乐一直在响着，远处听得到海的潮涌，外面起风了，不知谁的窗户没有关好，发出破碎的“哐啷啷”的响声。

“干吗这样看着我？可怜我了？你们错了！”

张黎黎抓着酒瓶，在阿媛和小玉面前晃过来晃过去。

“我不会活在回忆里，我只属于未来。”

独闯特区的张黎黎不停地更换供职单位。有时候是因为她得不到赏识，更多的情形是她不赏识对方。一年前，她现在受雇的这家法国独资公司的老板看完她的自荐材料后，只问了她一个问题：如果让您挑选，在公司您最愿意干的工作是什么？她毫不犹豫地回答：经理。

她就这样被录用了：先是一般的写字间小姐，半年后提拔为经理助理。之后，她拥有了属于自己的这套单元房。

“听起来像是天方夜谭，可惜太简单了一些，不够刺激，该有一点粉红色的添加剂，是不是？事实上，要是他有要求，我不会拒绝跟他上床，那个灰眼睛的法国佬是个相当不错的男人，可惜他对女人没有兴趣。他妈的这地方本来就阴盛阳衰，僧多粥少，男人都给美女宠坏了，碰上一个不嫌我丑的，却是个同性恋。他需要的只是我的智能。也好，这保卫了我的贞操，如果我还有贞操的话。我很幸运，是吧？”

“你很不幸。”

阿媛和小玉在心里回答。张黎黎真是很丑，她自己解嘲说是当代维纳斯、杨贵妃，看上去像个鸡蛋。

“下午他约我饭局，他要谢我，并且明明白白说要提拔我。公司经营出口一批内地的货，质量同厂方原来的报价不符。厂方的业务员买通了公司其他雇员，到我这里卡住了。我不想干缺德事。公司因此少付出将近一百万，内地的那家工厂也就少赚了一百万。法国老板说我是他迄今为止在中国所见到的最忠诚的雇员，人格最高尚的女人，内地那家工厂则骂我是卖国贼，是赛金花，是舔那个法国乡巴佬鸡巴的母狗。那法国佬叫‘让·雅克’，在法文里就是‘乡巴佬’的意思，什么都骂遍了，骂得很恶毒。

“其实感谢和辱骂，我都无所谓，我只做我自己当时觉得该做的事。当时没有做，事后也许又不会那样做。总之，我不想分析自己，不想在道德泥坑里打滚，不想对什么事都去深究对和不对，这样对还是那样对。不管人家说什么，我都不在乎。在我心里，并没有给犹豫、原则甚至所谓真理保留任何位置。我只关注目标，我的目标是经理，我正在接近它。”

张黎黎的眼睛里既没有期望，也没有得意，只有冷酷。

“你是对的！”

小玉忽然说。

小　玉

广州到深圳的快车一个小时就到了。

李木子联系的那家广东广告客户在深圳开了这家四星酒店，老总给他们要了两个标间。同李木子一起来的还有方肃，名义是李木子的随行人员。

方肃很惨。他父亲利用在日本的关系帮助夏天天实现了出国的愿望，原计划是夏天天先走，方肃后去，他因为承租的博物馆的门面开茶馆有许多遗留问题需要了断，他那个茶馆不但没有交过租金，还欠了银行一大笔贷款。但夏天天到了日本没有几天就跟一个韩国老板同居了，不久就去了美国。不时有人告诉小玉这些，小玉总是淡淡地说："这跟我有关系吗？"

李木子刚住下就给小玉打了电话，他说他一分钟也没有耽搁，说他把方肃带来了，方肃现在正在浴缸里一平方厘米一平方厘米地洗自己。这几天出来，方肃老是没事就洗澡，就是希望再见到你的时候，是一个彻头彻尾、彻里彻外都干干净净、一尘不染的人。当然他这样做其实是徒劳的。从一开始见到你，他就不是一个干净的人。我现在代他请罪。他其实唯一能指望的，只有你的善良。这也许是在利用你的善良，很卑鄙。是吧？但他却不能摆脱这卑鄙。他现在太需要你了，小玉！

小玉很耐心地听完李木子的喋喋不休，说：

"好的，我知道了，我会尽快到。"

出发前小玉打了个电话。

对方一下就听出了是她：

"是我。"

是方肃。小玉感到了他急促的呼吸，他的手在发抖。多少年过去，什么也没有遗忘。

"你好吗？"

“……不知道。”

“晚上我请你们吃饭。”

“……李木子不在，只有我。”

“那就请你。”

“……还是你来这里吧……行吗？”

“行。”

小玉出门的时候听见自己的副手在回答一个电话，告诉对方说“她走了，说是去看老家来的朋友。”她想这个电话是方肃来的。他在担心小玉是否真的践约。

她完全可以找出无数个理由，在事后打个电话过去，说，对不起，来不了。她已经是一个公司部门的负责人，可以有做不完的事情。她是跟随丈夫来特区的，那是一个很优秀的计算机工程师。

方肃其实并不懂得她，她也其实并不完全懂得自己。这次见面，会是一种什么样的情形呢？她有权利给他耳光，然后他会跪下来，搂住她的膝头求她原谅；她会颤颤抖抖地站直，脸色煞白，泪水夺眶涌出，一直滴落到他那仰起的脸上；她会一进门就扑进他的怀里，一面用两只手抓紧了他的肩头，一面很厉害地却极力压抑着嘤嘤地哭泣。也许后一种可能性更大。她不会责骂，不会声讨，不会数落，这是肯定的。她不是那样的女人。她想起她的初夜，那么无邪，那么甜蜜：

他洗了澡，然后让她去卫生间。事先他把她拥在怀里的时候，咬着她的耳朵问过她听没听过鱼水之欢，她拼命地摇头，从他怀里挣扎出来。他不好勉强，四仰八叉躺在床上等她。听着卫生间漉漉的水声，他到底煎熬不住，翻身起来，蹑手蹑脚地开了房门，穿过厅堂——他父母那间房已经熄了灯——进了卫生间，她惊叫了一声，立刻就并紧了双腿，用毛巾捂住胸口，眼睛里除了惊惶，还是惊惶。这使他不免尴尬，看看光溜溜的自己，一定觉出了自己的粗鄙和丑陋，只有转身走人，回到房间郑重其事地穿上了衣服，拿了一本书，坐到桌子那儿。她从卫生间出来的时候却像换了一个人，一手理着完全放松的长发，一手抓着胸口的浴巾，浴巾没有围严，下摆开着大叉，大腿和小腹部时隐时现。

“好啦。”

她尖声叫着。

他站起来，迎着她，一时有些局促。

那是一个陌生的夜晚，不无惊恐，但充满了激情。她第一次知道，做女人是如此幸福。

多年之后，这一切还能重现吗？

走廊静静的。小玉按响门铃。很轻盈，一声，又一声。

门后面是一个泥塑似的方肃。他穿了一身干爽的衣服，新皮鞋锃亮，浑身上下散发着香皂和樟脑的混合气味。一身像熨斗熨过，无可挑剔。

小玉飘然而入。

“你好。”

“……好。”

方肃明显的不知所措。

小玉一面说着话，一面往房间尽头窗下的圈椅走去，然后用手理一理裙子的后摆，坐下。

“真奇怪，你一点没有变化。”

好久，方肃说。

“瞎说，”

小玉夸张地尖着嗓子笑起来：

“怎么会没有变化，老了。”

小玉外表上的变化的确不大，包括她的装束，一点不像在特区濡染过。她还是那么细瘦，像豆芽菜似的白皙而娇嫩。头上依旧是在后脑扎成一束马尾巴，身上是很老式的连衣裙。他肯定觉得她的内心也像外表一样如同昨日。

他向她走去。

她很坦然地迎着他的目光。

这坦然使他一度有点畏缩。

“我很想你。”

他听见自己很干涩地说。

“是吗。”

她微微一笑，露出很白很整齐的小牙齿。

这一行洁白的整齐的小牙齿在最亢奋的时候，就会像一道明亮刺眼的光一样闪烁，使他加倍迷醉。

他突然一把从圈椅上提起了她。

“不！”

她说：

“不要！”

她的身体没有动，语气却是坚定的。

他一下呆了，手仍然圈在她腰上。

“不要！”

她又说了一遍。

不是窘迫，不是隔膜，不是半推半就，就是明白无误的，不容侵犯的、凛然的拒绝。

他失神地站着。

“坐吧。”

她说，用一只勾起的小指头理了理先前梳理得绷紧的鬓角。

他在她对面的床上坐下，忽然又慌乱地站起来，磕磕碰碰地走到同她隔了一张床的那张床坐下来。他已经不能再要求她“离我近些、再近些”。一切早已结束。他们现在可以做的，只能是谈谈别后各自的经历，但是他没有。他有什么资格提起这样的话题？从一开始他就不具备这样的权利。他早就该自惭形秽了。她也觉得无此必要。明明知道他一个人在，她仍然来了。她是带着足够的自信来的。

拉开了距离，气氛反而松弛了些，仿佛两个刚认识的陌路人。

“出去走走，一块吃晚饭，好吗？我该尽地主之谊的。”

她提议。

方肃回避着她的微笑，说：

“我把李木子找来，可以吧。”

“行啊。”

电话接通了。李木子说，他们是一群人。

“那就让他们都来。”

她能听到话筒里李木子的声音。

“你老兄鸳梦重温，我们去打什么岔呀。”

屋子里又沉寂了。方肃咬了咬牙，抬起头，正面看她：

“也许说什么都是多余的。但我还是想说一句，对不起，小玉！”

然后他就哽咽起来。

她笑起来：

“怎么啦你，都什么年头，在什么地方呀！如今还有什么人会为自己的昨天忏悔的吗？看起来真是你的历史专业害了你。走吧，他们不来，我们去吃饭。挑一个好地方。”

“我不想吃，”

方肃说：

“我想一个人待着，可以吗？”

“你没有什么不适吧？”

“没有。”

“那就好。你是专程为我来的，可我没有使你满意，应该是我说对不起。你能听我一句忠告吗？”

“请说吧。”

“如今人们都说：没有昨天，没有明天，只有现在。起先我不懂，后来懂了。也许你不相信，我也离婚了，现在是独身女人。过去的事改变不了，明天的事谁能预料？只要现在开开心心就好了。好在开心是用钱买得到的。”

她一边说着一边从坤包里掏着什么，然后站起来“那我告辞了，你不必送我，回头李老师回来，让他帮忙，这儿有很好的小姐，天仙似的，比我强一百倍，会让你很开心的。”

她在房间里留下刚从坤包里掏出来的一大沓人民币，还有她淡淡的体香。

张黎黎

“这就对了！”

张黎黎一下从沙发上跳起来：

“女人的不幸是什么？是见鬼的所谓爱。所有不幸女人都是因为习惯于对爱的夸大评价，从而钻进了她们自己的罗网。她们比男人更是受骗者，因此也更多地遭受失望的痛苦。这几乎必然发生在每个女人的生活中——只要她有足以使她受骗和失望的想象力和理解力。这些话是一个恶毒而疯狂但是绝对天才的男人说的，他的名字叫尼采。现在，去他妈的爱，去他妈的恶毒疯狂天才的男人，我们来说点别的吧。”

“好啊。”

阿媛和小玉欢呼。

夜半的海风，摇动着落地窗帘。黑暗的海上，星光很微弱，就像是深山的折皱里明明灭灭的火苗。屋子里的灯光弥漫着烟雾和酒精的气息。

这是又一个不眠的夜晚。挖空心思，七嘴八舌，眉飞色舞，风雅而无忌，主题不外是老板，赚钱，以及性。这是她们的三色旗。她们凭着想象，努力维持此刻的全部乐趣，分享她们所认定的内心世界和外部世界的一切美好，嘲笑那些不能像她们这样拥有这妙不可言的时光的人，那些蝇营狗苟的、庸庸碌碌的、规规矩矩的、既缺乏天赋又缺乏知识的女人。有什么理由感伤？为什么女人必须依靠男人！独身女人有什么不好！独身女人不需要向任何人解释自己去了哪里；既可以纵容自己的陋习，又不需要容忍别人的陋习；在任何时间任何地点，喜欢吃什么就吃什么；只要有时间，逛商场想逛多久就逛多久；累了烦了想独处的时候，没有人来骚扰；从床铺的两端都可以钻进被窝；没有小孩子在身上撒尿；可以同自己看着顺眼的任何异性交往，而不需要顾虑谁会妒忌，比婚姻生活有更多尝试新体验的机会……独身女人万岁！独身万岁！许多伟人都是独身：牛顿、康德、诺贝尔、安徒生、米开朗琪罗，还有格丽泰·嘉宝。这都是她们的榜样，是她们存在的依据。多少年来她们苦苦追求的正是这种幸福，如今终于尽善尽美地获得，并且可以永生永世地享用！干杯，再干杯！庆祝如此快乐的聚会。特别预祝我们永远不再回到我们相识和美好聚会以前的年代，那个没有奇迹的年代。从今往后大家永远在一起，永远！

永远在一起是不可能的，天下哪有不散的筵席。幸福快乐的女独身主义者们终于感叹着，起身告辞。一个个脚步蹒跚。

“你真的一贫如洗吗？”

阿媛好像有什么一直没有放下，舌头硬硬的忽然问张黎黎：

“那个程志呢？他那么痴心地爱过你，也许现在还爱着。”

“是啊，如果是我，我会满足的。”

醉意朦胧的小玉很是向往。

张黎黎的眼睛幽幽地一亮：

“是吗？我一直觉得他是个小孩子。硕士毕业他自己要求回了他那个老区的老家，又要求去了最偏僻的一个乡村。那个县的头去年因为不能给干部发足月的工资惭愧得想要自杀。”

“他不该从政的，他应该去做诗人。”

阿媛说。

“他是个理想主义者。”

小玉说。

“那好吧，现在他归你们了。什么是诗人？什么是理想主义者？就是发现玫瑰比包心菜香，就推论用玫瑰做汤一定比包心菜做汤好吃的人。”

不知为什么，几个人忽然都看到了客厅里那把斜挂在墙上的吉他。那是很多年前，张黎黎用来标志自己的现代感的一个符号。现在它依旧安安静静地沉默着，它的主人到现在也还没有学会弹奏它。

青藏手记

一、关于路

都说，到了京城才知道权小，到了特区才知道钱少。可谁要是到了青藏，他一定最先觉得，他以前走过的路，都太近太近。

一点不错，青藏的路是天路，是一直通到天尽头的路。在青藏，你才真正可以见到天似穹庐，你才真正可以看到弧形的地平线。青藏的路从那儿开始，把地球劈成两个半圆。而路和弧线上的那个交点似乎是永远不能达到的。什么叫作遥远，叫作漫长？这就是遥远，就是漫长了。一条青色的，在高原的阳光照耀下闪闪发光的路，划破无边无际的球面的瀚海、戈壁和沙漠，一直指向天边，永无尽头。你从一个又一个白天，穿过一个又一个黑夜，你能见到的人类痕迹，只有这路。这路永无休止地伸展在你的视野里。除了这路，便是寸草不生，寂然无声的茫茫荒原。这荒原除了风蚀和地壳运动之外，没有任何变化地存在了亿万斯年。一个人孤独地在这样的路上行车，脑子常常一片空白，或者相反，常常生出幻觉。我就常常会见到一只老红狐，在我车前的路上一掠而过。有时是在刺眼的广袤雪域；有时是在迷蒙的曲折峡谷；有时是在烈焰熊熊升腾的阳光下；有时是在伸手不见五指的黑夜里。红狐是高原上的精灵。我因此对那幻觉满怀信任。我甚至相信许多年来，正是这幻觉，这像一团火一样跳跃着的老红狐，引领着我无可停顿地在高原遥远漫长永无尽头的道路上游弋奔波。

否则，我便会觉得难理解自己。

青藏的路太需要忍耐了。青藏的路，是对人的忍耐极限的挑战。

这路白天滚烫而黑夜冰冷，把你从温度的一个极端驱赶到另一个极端。你在一天里可以历经一年四季：早晨你还在某一处绿洲的水边见到春天才开的野花；中午你会突然遭遇夏季的劈头盖脑的冰雹；傍晚无遮无拦的秋风卷起昏天黑地的沙暴，刹那间就淹没了晚霞和夕阳；到了晚上，大雪和坚冰就在你不知不觉的时候阴沉沉地封锁了整个世界。在这条严酷的路上，你最起码的人性的愿望常常成为一种奢侈。哪怕你需要的只是一片刚刚能遮住你脑门的绿荫；一捧刚刚能湿润你嘴唇的清水；一点刚刚能温暖你手掌的火苗；一声母亲的颤抖焦灼的呼唤——是的，在这条路上，当你前面和后面都没有尽头的时候，当你觉得这世界只剩了你这孤旅的时候，你最清晰地想起的便是母亲在你儿时对你的呼唤。你最想做的一件事便是放声叫喊：妈妈！

在青藏路，你会觉得你的人生几倍于人。你历经的高峰体验太多太多，浓缩得化不开。那些平淡苍白的人生也许几辈子、十几辈子加在一起，都无法达到你对人生所经验的高度；同时你又会觉得你的人生太短促。强烈的紫外线无情地扎碎了你面部的毛细血管，在那里留下血红的烙印；戈壁风沙如同锋利的雕刀早早地在你脸上刻满粗糙的年轮；岁月过于殷勤，在别人还不曾向青春告别的时候，已经让你的头颅像寒光逼人的雪山一样蹲在迟暮晦暗的深深云层中沉思，而你却并非贤哲。

这就是青藏的路。

这就是我感觉中的青藏的路。

也许我表述得过于感伤。原谅我，因为我孤单。孤单常使人变得软弱，变得多愁善感。在青藏，邮车是孤单的，邮车永远是孤旅。

我走的这条邮路，一千年前文成公主走过。整整三年，大国公主浩浩荡荡的车仗，在唐蕃古道上卷起漫天烟尘。无数人前呼后拥，旌旗蔽日，鼓乐的喧嚣响遏行云。几乎半个中国都驮上了马背和驼峰。然而濒临日月山，公主还是摔下了父皇御赐的宝銮。长安已不堪回望；中原已不堪回望；故国已不堪回望。日月山外一片蛮荒。公主哭得声咽气绝。公主去国不可回，回去的只有泪水流成的河。那便是流到今日的倒淌河。

一千年后，班禅活佛进藏走的也是这条路。那同样是波澜壮阔的一种旅行。国家调集了全国骆驼的三分之一，以及不可计数的马匹，每一公里一百匹骆驼，前后绵延一百多公里。护送活佛的队伍像条由骆驼、马匹组成的河流。当地留下的歌谣说“会算不会算，百匹骆驼二里半”。活佛去后，身后的千百里荒原，骆驼、马匹的尸骸堆积如山。活下来的骆驼和马匹繁衍的种族，如今遍布了柴达木中部的都兰草原。

如此煊赫的声势，除了因为地位的高贵，不能不说同样也因为路途的险恶。

当我独自驾驶着邮车上路的时候，这一切常常像潮水似的涌来又涌去。这条曾经澎湃过的历史的长廊如今留下的是无边的寂静，这寂静使我显得格外孤单。

在青藏路，长途的运输常常以车队的方式进行，最少是双车同行，以使漫漫长路可以相互照应，但邮车却做不到。往返一个星期的路程，有时仅仅只为了一个邮袋。但只要有邮件，就没有理由不出车。

我这样说，并不意味着邮路只是一片凄凉。邮路上常常会有意外的惊喜。

有一次我从甘珠尔山下来，天已经完全黑了。头天暴发的山洪带来的泥石流，让甘珠尔山下的平川塞满了大得吓人的山石，在车灯的照耀下一片狰狞。等我意识到危险，车子已经陷入乱石的夹缝。

甘珠尔山海拔近四千米，全世界最高的铁路隧道就在这里。夜里的温度降到零下四十度以下。我不知道自己能否活到天明。我唯一能祈求的，只有佛祖。

“甘珠尔”是佛经。以“甘珠尔”作山的名字，是因为山下有一个巨大的石洞，据说曾是甘珠尔的藏经洞。汉人称它作二郎洞，藉《西游记》给它编了汉族神话。但我宁可相信甘珠尔。我对甘珠尔一无所知。我对佛祖的不停的祈祷只是反反复复地默念“甘珠尔”这个词。我的车就陷在那个藏经洞口。快天亮的时候，我觉得全身快要冻僵了。我先扒下然后点燃了皮大衣，然后是我出车前在西宁买的一件新毛衣，然后身上只剩下了背心和短裤。然后天亮了。我趁着被火温暖的身子刚刚可以活动，疯狂地穿过那片泥石流区，跑到公路上，指望见到车队或者牧人。这样的侥幸心理实在是太可笑了。长路迢迢无尽头，一川碎石大如斗。茫茫天地间除了我自己，连一丝生气也闻不到。然而，在我近乎绝望的时候，忽然在公路那边的干沟里见到一个白色的大包。

那竟是一大捆羊毛。

这捆显然是从运输车上掉下来的羊毛使我在甘珠尔那个山洞里有可能一直等到清理泥石流的工程队出现。

我相信，我能从那片泥石流中逃生，是甘珠尔的恩赐，是佛的意志。

类似的奇遇还有过一次，是在我从拉萨回来的路上。

在唐古拉山口下面，有一辆车出了故障，另一辆与它组队的车也停在那里，帮忙抢修。几个人据说已经饥渴了一天一夜。我把车上所有的干粮和水都给了他们。还有半天时间，我就能翻过唐古拉山。五道梁子那儿，有一家客店。

我打错了主意。过了唐古拉，那个被吐蕃王朝的起义奴隶领袖称作“雕飞不过去的马鞍形山口”，车子迎头遭遇了大风。大风卷着砾石像一股有形的洪流从山坡上滚滚而下。五道梁子下面那片客店无可辨认，汽车的车门被大风挟持着，根本不可能推开。我所能做的只有把油门一踩到底，冲出大风区，以免车子被掀翻，甚至被扬起来。

车到昆仑，这个被藏族人称作神山的地方，奇迹出现了。

大风在不知什么时候已经止息。夕阳落到雪山的后面，在森严的雪峰和神秘的蓝天之间，弥漫着一片金碧辉煌的光彩。路边不远的漫长隆起的坡上，藏人祭神的嘛尼堆穆然肃立，从嘛尼堆顶上向四面八方散开的七彩的经幡凝然不动。在嘛尼堆下向上仰望，湛蓝的纤尘不染的天顶，一颗又一颗几乎伸手可触的星星，灿然地闪着金色的光。

整整一天，我已经精疲力竭。我跪在嘛尼堆前，向神山祈求平安。从这里到格尔木，还有很长的路要走。

这里的海拔高度是四千七百六十七米。我准确地记得这个数字。不知是谁在这里立了一个标桩。就在这个标桩下面，我发现了几个零星的白点——几盒泡沫塑料包装的方便面。

生命有时候是多么微贱。

所有这些，我不知道是否算是一种幸运。人们常常讨论什么是幸福。我想这大约是一个答案最多，多到可以无限，又答案最少，少到几乎是零的问题。同一时间的不同的人和同一个人在不同的时间，面对相同的际遇和不同的情境会有绝对相同和截然相反的经验。谁都可以炫耀自己曾经拥有，又谁都可以抱怨自己从未得到。而对一个孤独的高原旅人来说，幸福感是太容易满足了。我知道，在今天的内地，有许多人因为太有钱发愁，哀叹自己穷得只剩了金钱。这当然不会是真实的悲伤。真实地为拥有金钱而悲伤的人我见过。那一年在当金山采金的人为山洪所围困，在救援到来之前的日子，那里的一块糌粑要一块同样体积的金块交换。在最后的时刻，连这样的交换也没有了可能。那时候，只拥有金块的人是不幸的，拥有糌粑的人无疑是幸运的。

然而，那幸运毋宁说是一种辛酸。因为生存的情境是悲惨的。一个高原旅人的幸运，同时也其实是一种辛酸。当然不是所有人都会同情我这想法。天真的人们甚至对高原充满了浪漫的神往。

的确，高原有高原的豪迈。当你无数回地面对只有高原才有的无比壮丽的日出和日落；当你一步迈过巴颜喀拉山上黄河的源头和沱沱河的长江源头；当你伏在马背上追风似的驰过漫山遍野的牛羊，登上草滩最高的山脊，伸出双手去拂弄洁白的云朵；当你静静地坐在帐房的炊烟下面，透过藏族少妇打酥油的丁冬声和老阿妈旋转嘛尼轮的诵经声，却聆听从最远的雪山传来的神谕，你会清清楚楚地感觉到，你是站立在地球上一切生灵驻足最高的陆地，而这里曾经是深深的海底。你因此比任何人都更加深切地领悟到什么是沧桑变幻。人们在这里与死亡角逐，与天宇中的神灵对话，逐水草而居的人们的祖先同祖先的祖先一样，一层层同海洋贝壳一起堆积成化石的峭崖，在千万年世纪风的侵蚀下剥落又静如止水。一切都似乎稍纵即逝，一切又都似乎亘古未变。于是你很容易便感觉到灵魂的超脱，很容易便感觉到一切归于虚无。

只是，我始终无法进入这境界。我始终无法摆脱世俗生活的诱惑，无法把握自己的灵魂，使之清净。多少人离开了青藏路——很大程度上那其实是一种背弃，一种逃亡。而我没有。这并不是因为我乐于成为供奉给青藏高原的牺牲，而是因为这之前，我走过的路更为艰辛，更为难于忍受。

我已经有过一次背弃，一次逃亡。

调到西宁来之前，我在阿曲。当时，从西宁到阿曲，没有直通班车。阿曲的局长那德才在电话里说，班车到了达尔角合乡你就下车，会有人在那儿等你，他身上背着一只邮包，手上拿着一支笛子。你一下就可以认出来的。

我翻了志书，“达尔角合”是藏语“彩旗”的意思，这使我的想象立刻有了一片依稀但多少有些安慰的色彩。

从西宁到达尔角合的班车，整整走了三天。中途有一站，吃完午饭后我去土坯屋子后面撒尿，班车在我返回之前就开走了。我的行李都在车上。我追着班车的影子大喊大叫，一点用也没有。一个小时后我截住了一辆卡车，我请求司机加速，追上前面的班车。司机笑着，跟我讨价还价。卡车在天黑前追上了班车。下车前我给了司机一张“四大头”，我以为他会满意，他却把那张票子甩出了车窗骂了声“去你的，浑小子”，就一踩油门走了。

我狼狈地弯下腰去捡那张票子的时候，停下等我的班车上把头伸出窗外的人都哈哈大笑。后来我才知道，在青藏，许多事是无法用钱报偿的。你送人几盒廉价香烟，得到的回赠可能是一整张藏狐皮。你留下一把短刀，带走的可能是一枚麝香。你到牧人家里夜宿，如果帐篷太小，主人一样会让出他们的帐房，你以为他们会另觅帐房，于是安然入睡，但早上醒来，你会看见，皑皑雪原，只有你这顶帐房。你会忽然在一个塄坎下面，发现几个雪堆，雪堆上会有几个气孔，冒着微弱的热气，那便是牧人一家。逢年过节，留守的道班工或线务工，会倾尽所有办出尽可能丰盛的酒席，把路上的司机拦进来共享。司机搭载路边请求搭车的人，也从来没有犹豫。倘真有司机拒绝求援，道班或线务站便在自己的门后刻下这辆冷漠的车子的车号，从此便同这辆车永远绝了缘分。在人与人不能不生死相依的青藏，爱与憎都常常走到极端。

达尔角合没有彩旗。作为一个乡治所在地，这里只有几堵同荒漠浑然一体的土坯墙。几个苍黑的藏人，站在土坯墙的阴影里，目光犀利地穿过披散的头发凝视着在长久的伫立之后出现的又一辆汽车。

没有人随我下车，也没有人上车。车子“嗡嗡”响着停下，又“嗡嗡”响着开走，把我独自茫然地抛在一片扬起的尘土里。然后“嗡嗡”声消失了，尘土消失了，一个背着邮包，拿着笛子的人迎面向我走来。

他走路有些蹒跚，高一脚低一脚。他短小干枯，头发和胡子都已花白。特别强烈地冲击了我的视觉的，是他那张脸：带着高原人特有的“红二团”的面额短而宽，眼睛细眯，下巴尖瘦，笑着的时候，这些特点更加明显。这是一张狐狸的脸。我不喜欢甚至有些厌恶这张脸。

“不会错的，你就是高原。”

他站在我面前，仰起那张狐狸脸，眼睛已经有些昏花。他伸出手用力推了一下我的前胸：“我代表我们全局子来迎接你。”

然后，他伸出干燥的舌头，舔了舔皴裂的嘴唇，举起了那支笛子：

“我要为你吹一支欢迎曲。”

应该说，那是一支动听的曲子，他吹得也很流畅。但是，独自面对一个几乎还是陌生的却又似乎过分热情的人，我很窘迫，有些不知所措。他却不管这些，一下就投入进去，似乎在这样的地方，这样的时候，为这样一个人吹这样一支曲子，是他憋了很多年终于得以实现的一个愿望。不久我就看见，真的有发亮的泪水从他多皱的眼角流淌出来。他自己也意识到了，立刻停止了吹奏，弯腰抓起了我的行李。

在那几堵土坯墙的尽头，停着一辆手扶拖拉机。他把我的行李小心地放进拖斗，自己爬上驾驶座，抓住两只长柄，回过头对我说：“上车吧，我们还有很长的路要走。”见我犹疑着，他歉然地眨眨眼，“凑合着吧，这是咱局子里最值钱的固定资产呢。”

我在西宁听说，达尔角合属阿曲县，并且是离县城最近的一个乡。那时我想，从达尔角合到县城的路不至于太远的。但是现在我却听见这个来接我的老头说：“班车时常没个准信。我怕你的班车上午到，见不到我，我昨天半夜就从局里出发了。”

就是说，我们还要走半个夜晚的路程。

“我在达尔角合乡上等了你一整天。上午和下午过去了两趟班车，没有你，我不急，我相信你会来的。我在省局来的通知上看到你的名字，我就相信你了。你不是叫‘高原’吗，‘高原’不来高原还能上哪儿！”

我记起来，阿曲局的局长也姓那，就问：

“我们局姓那的多吗？”

“不多，就我一个。”

我知道我得到什么样的待遇了。局长自己开着一个局唯一的一辆机动车，跑了一百多公里来等了我一天。

我不知道这是不是值得高兴。几天跑下来，我的心情坏透了。我有点想哭。

过去的几天，我还不时地能见到骆驼草，刺林和红柳丛，而现在，极目所能看到的地方，再没有了一丝绿色，我好像是降临到了月球的表面。一阵比一阵更强劲的晚风刮起漫天的黄沙，扑打着远远近近那些裸露在红色砂砾丘顶上的铁青岩石。夕阳在风沙里沉浮，一片昏暗。我听说过，有过像我一样从邮校毕业分配到这一带来的人，从西宁出发两天就下了车，然后搭便车返回西宁，为此丢了邮电饭碗也在所不惜。

“别担心，这儿天黑得晚，不会走多久摸黑的道的。”

老那在前面说。他在揣摸我的沉默。

“哎，你想知道我给你吹的那支曲子吗？咱局子人人会唱，一遇到喜兴的事就唱。以后你会常常听到的。在这一带，不管你走到哪个帐房里，都会有藏族姑娘给你敬青稞酒，那时候，她们就都要给你唱这支歌的。唱完了，你就得把酒喝下去，再大的碗，你也得喝。不喝，她们就站在你面前，一直唱下去。”

接着他就唱起来：

啊，我心中的桑吉卓玛
桑吉卓玛哟，
我是远方飞来的小鸟，
请你相信我。
…………

他的嗓子是沙哑的，但是唱得很动情，这使他有些气喘，时常在不适当的地方换气。他吹笛子时我就注意到他似乎有些中气不足。那时候我对高原的缺氧还没有足够的认识。

你那纯洁无瑕的心，
就像洁白的雪莲花。
美丽的桑吉卓玛哟，
珍珠项链献给你。
…………

天到底黑了。他没有开灯。这条路是转场的牲畜和前面唯一的县城的机动车辗出来的便道。在这样的夜晚，它不必有任何顾忌。沙哑的歌声和柴油机的噪声一起沉入比荒原还要深的黑暗。

我们在半夜以后到达阿曲县城。那其实是一条不足两百米的街子，两边是黑黑黝黝的土坯墙。有几星昏黄的亮光从黑暗中透出来。老那说那是寺院的酥油灯。老那在无意中还说了一句让人印象深刻的话：咱这地方，只有神灵和邮电永远是醒着的。

两天后我又知道，我在这个夜晚到达的并不是目的地。为了让邮电同神灵一样永远醒着，我不得不去的那个线务站，离县城还有将近一百公里。

二、关于草和树

阿曲县境平均海拔四千米；年平均气温零下十五度；年平均降水三百毫米左右；无绝对无霜期。每年七月草青，八月草黄，九月下雪，直到来年六月。在这些无夏的长冬里，寒冷主宰了一切。冻土层深达三米，整个阿曲地区没有一棵树。当地的驻军曾经把种树作为一种军人的使命相关联的庄重目标，但他们倾尽努力，最后能够存在下去的，只是他们给自己驻地的山丘所起的“松柏山”这个名字，以及那个永远不可企及的愿望。就像许多年前当地最大的部落头人把自己的驻牧地叫作“花土沟”一样。花土沟便是后来的阿曲县城所在的镇子。从来没有人在这个被叫作花土沟的镇子的任何一个地方看见过真实的花朵。“花土沟”同样只是一个古老而新鲜的梦想。那一年，还没有当局长的老那终于得到一个去西宁开会的机会，他把病了好些日子的女儿带到西宁。女儿那年六岁，在阿曲生下之后从来没有出过花土沟。车到西宁，她在昏迷中醒来，惊讶地看着路边的树，忽然笑着喊起来：“看，那么大的花！”她没有见过树，也没有见过花。没有人纠正她。她就在那之后死在西宁，带着一个美丽的错误，满心欢喜地死在“那么大的花”中间。

如果生命本身没有足够的顽强，阿曲的寒冷就是不可抵御的。一年里最热的日子，屋子里也必须生火。即便如此，早上起来，桌子上一抹仍是一层冰。如果是冬天，你把屋子里的火烧得再旺，身后的墙壁依旧结着冰块。而在不生火的机房里，工作着的蓄电池外壳上，冰可以结到一尺多厚。这样的天气出外勤，没走几步，口罩就结成了冰砣子。

严寒使人的心结冰。老那之前的几任局长，没有一个在这里干满三年。他们所以被调到这里来，要不是因为得罪了什么人，就是因为有了不大不小的过错，一个个带着满肚子被流放的委屈到这儿来接受惩罚。然后又一个个学了乖巧，到上面去走门子、找路子，疏通种种关节，欢天喜地地逃之夭夭。老那上面一任的局长更绝，找不到关系就干脆撒赖。从到任的第一天起，他就让人在局长办公室装了一只铁皮炉子，整天在上面熬着一锅羊肉，让人没日没夜地陪他猜拳喝酒。他猜拳猜得好，一抓一个准。谁能赢他，谁比他酒量还大，他就在会上表扬谁。把上面拨下建房、添置办公设备的费用，都当招待费吃喝个精光。阿曲这地方难得有外人来，招待谁？就是招待他自己。上面知道了，说，他也够造孽了，就让他活受吧。他一看上边不吃他这一套，就更放肆，连正常的业务也不办了。报纸、信件，来多少压多少。地方政府拖欠话费，他就趁机连电话也给停了。到后来，他甚至在局子里聚赌，到镇上饭馆打群架，终于逼得上面开除了他的公职。他也终于可以回内地老家。走之前，他哭了，说，不是我不想做好人，在这儿我实在忍受不了。如今算是刑满释放了，我回去要重新做人。

只有老那这样的老实人，才把这个局长当回事。他管着的这个所谓的县邮电局，连线务站算在一起，只有十几号人。县局的房子是一幢“一面坡”，就是当地定居下来的农牧民住的那种不知哪儿弄来的细棍棍加上红柳条、芨芨草和黄泥搭起的土屋。后墙头就是屋脊，只有半拉屋顶向前院倾斜下去。四面是同后墙连接的土坯院墙，跟后墙一样高，站在院墙外面，看不见里面的一面坡屋子，显然为的是阻挡寒风。除了高一些，一面坡整个结构的特征同过冬用的羊圈其实没有区别。屋子里办公和营业用的桌椅残缺不全，电话交换台竟是用石块垒成的。局子里一旦来了客人，稍微多几个，茶缸水壶和板凳马扎一类就得从有家属的职工家往出借。那些板凳和马扎也都是职工平时自个儿设法找材料拼凑起来的。

老那说，他刚来的时候，这里单位上的人都住的是地窝子，就是在平滩上掏个洞，上面盖上红柳条子和土，人就钻在那洞洞里，上班的头天，他想去街上转转，刚走了几步，就听见脚底下有人骂娘。他低下头，看见一只脑袋离他鞋尖尖不到二尺，正仰面对着他龇牙咧嘴，他这才知道踩到人家屋顶上了。红柳条子架不住踩，一踩，上边的干土就直往下掉，闹不好人也随着陷下去。怨不得人家骂。现如今够好了，多少有个过日子的样。

老那说这些的时候，显得心满意足。但是他却要求我不要拍照。我到达阿曲县城的第二天，他陪我上街。街上空空荡荡的，偶尔有两三个阿卡（僧人）低着头，抄着手，若有所思地走过。除了县委、县政府机关，还有寺院是几幢砖砌的平房，不长的街子两边大都是被土坯墙围起的一面坡。出街子不远，就是牧民转场前留下的用羊粪垒起的草库仑。阳光刺眼，但一阵一阵的风扬起沙砾，像刀子似的剜脸。

老那说："你别拍照，别把这没有花草树木的荒滩寄到内地去。这都五月份了，你我还都穿着羊皮筒子，让内地人看了，以为这地方不知怎么遭罪呢。"

我静静地看着他，不知道说什么。我对他还说不上有什么真切的了解，虽然在接我来的路上他喋喋不休地说过他自己的事情。

年轻的时候他在山东老家参军，一入伍就接到参加西藏平叛的命令。部队到了格尔木，上边的战事已经结束。几年后，他就在当地复员，分到阿曲来做乡邮员。几十年过去，他差不多闭着眼睛都能摸到阿曲所有的山口、草场和河流，差不多在所有的道班、寺院和帐房吃过饭，过过夜。他的两条腿就是在阿曲的山地、草场和戈壁上走瘸的。年轻时不在乎，老了到底挺不住。因为老是趟水和趟雪，两条腿差一点给截掉。他后来给我看过那两条腿：半截大腿以下，皮肉像炭一样发黑，曲张的青色血管可怕地暴跳鼓胀着。那是反复冻伤的结果。

曾经有过马，是一个藏人送给他的。他从阿曲街上给这个藏族汉子的女儿带了一条勾勒格热（腰饰）。是上次路过在这个汉子帐房喝茶时主人随便提起的。除了送信，他还常给邮路上的道班和牧民带信纸信封、烟袋烟壶、针头线脑、茶叶盐巴什么的。后来听说这汉子是为女儿出嫁买的，他就作为礼物送给他们了。这汉子就不由分说让他牵走了一匹马。藏民心实，他送的东西你不要，那是侮辱。多亏了这匹马，两次救了他的命。

一次是在大滩上，雪夜里遇见了狼群。那时候送信跑一趟要几天才能回到局子。给乡邮员一人发了一支枪，五十发子弹。他每次出去，都会带上。那次，狼群一定是饿极了。雪地上绿幽幽的光密密麻麻，紧追不舍。他挟紧了马，跑得飞快，每跑一二里地就放一枪，吓住狂奔着接近的狼群，跑一二里狼群又撵上来，又放枪，又跑一二里地。等他跑近有冬窝子的地方，枪里只剩下二发子弹。冬窝子的牧民听见枪声，都跑出来，才把狼群赶跑了。马那回跑得不行了，回去养了好久才缓过劲来。刚跑过的那么远的路上，没一处人烟，要不是马，人就喂狼了。

一次是遇到山洪。当时他骑着马，已经走到峡谷中间，山洪突然下来，把他跟马冲翻了。他像饺子似的在洪水里打滚，一下就失去了知觉。他是早上到的那个峡谷，原是想在山洪下来前抢过去，醒来时已经是夜晚，也不知到了什么地方。身上已经冻僵了，脸上却觉得一团一团的热气，那是马的鼻息，是马用舌头舔醒了他。见有了动静，马卧下来，让他爬到它身上。天亮前，马居然把他送进了一个兵站。本来回县局更近，但是回了县局，遇到这样的情况，还得来找兵站帮忙，这最少还得耽搁半天时间。兵站的人给他换了衣服，喂了口热汤，赶紧就用军车往西宁送。他在西宁住了一个月院，治冻伤。医院说，晚来半天，他两条腿就保不住了。

从西宁回来，局里没让他再做乡邮员了，那马他一直在局子里养着。那时他还没有老婆孩子，就跟马形影不离。马后来死了，他在草滩向阳的坡上给它挖了个墓，立了块碑，局子的人都去送葬。从那以后，他就再不骑马了。

不骑马，他走路的样子不好看，虽然住过院，腿脚并没有好利索，人也老了，不可能再有年轻时的筋骨。县上的人就喊他“瘸腿狐狸”。他有张狐狸的脸，腿脚不好，还仍旧老是爱到处走，后来滩上的牧民也叫开了，那是出于对他的好意，他们把藏狐看得很珍贵。藏狐就是红狐，日夜活动，有极强的适应性，像寒冷高原上不熄灭的火苗。

“我喜欢这里，”老那说，“这里空气稀薄，但干净；这里人烟少，但人心近；这里牲畜野，但跟人亲善。就是以前的那些局长，那些走了的人，他们其实都是好人。愿意到咱青藏来的，都是好人。能在这里活下来，就是贡献。只是有些人把苦处琢磨得太多了。其实，那些苦处你要不去琢磨它，时间长了，也就觉不出来了。再说，日子是会改变的。要是没有人，谁来改变它呢。”

老那后来继续开着手扶拖拉机，把我送到线务站，留下来陪我住了两天。那两天除了业务活，他成天还是跟我叨叨这些。我仍然不知该回答他什么。

他说得并非完全没有道理。报到那天我在半夜以后到达县局，不是没有一点感动的。

全局的人居然都没有睡，都在等着我们的到来。下午他们宰了一头羊，灌血肠，熬杂碎，煮手抓，揪面片，然后就一直眼睁睁地等着。几个性急的人空着肚子喝酒，已经满脸醉意了，但是谁也没有动一筷子菜。屋子里搭了一只大大的塔夸（牛粪灶），正烧得热气腾腾。

也许是饿极了、渴极了、累极了，一头撞进这间屋子，我在恍惚中还真有回家的感觉。

那一席接风宴就摆在牛粪灶前的地上，底下特地铺了一块塑料毡子。锅碗瓢盆都是临时凑齐的。上坐的空地上给我留了一个马扎，他们自己都坐在地上。

“对不住你了，大学生。”

几个喝了酒的人嘻嘻哈哈。

“我是中专生。”我结结巴巴。老那把我推到离灶火最近因而也最亮的位置，像是示众。

“一样，我们管内地分来的学生尕娃都叫大学生。来吧，喝上！喝上咱的酒了，咱就不把你当知识分子了。”

那天晚上，我迷迷糊糊地不知自己吃了多少，喝了多少。手抓羊肉没有煮熟，藏刀一插进去直往外渗血。血肠也是软塌塌的，没有凝固。我竟一点异样的感觉也没有。这使他们找到了让我不断喝酒的充足理由。酒倒在茶缸子里，满满当当，一瓶酒倒不了两缸子。是本省生产的青稞酒，酒精浓度在五十度以上。一缸子喝下去，我全身马上就火烧似的热起来。

“行，是咱阿曲的尕娃！”

所有的人一声发喊，又上来第二缸子。

“我怕不行的。”我嘟哝说。

“行，怎么能不行？咱不说这泄气的话。要不，让尕斯给你唱歌。”

我这是第一次正面看见尕斯。我只看了她一眼，就赶紧垂下了眼睛。她却大大方方地紧逼着站在我面前，唱开了老那在路上唱的“桑吉卓玛”。我不好低头，又不好看着她，她还没唱完，我就一把接过她两只手端着的缸子，一口气把酒喝了个底朝天，在一片叫好声中慌慌张张地坐下去。

那天晚上，我给灌得昏头昏脑，要不是老那解围，他们非当场把我放倒不可。在青藏喝酒，当场不放倒几个，酒席就散不了场。不让尊贵的客人醉着爬出去，主人就没有尽到敬意。

在这个喧闹不休的夜晚，老那一直在吹着他的笛子助兴。他不喝酒。他说在青藏这么多年，他最大的毛病之一就是学不会喝酒。知道的没啥，不知道的还以为他看不起人，他自己也觉得丢人，可又没有办法。等我醉眼兮兮地歪斜了身子傻看其他人划拳拼酒的时候，他依旧在起劲地吹。我后来知道，除了局长之外，他还是书记、工会主席，以及局子里唯一的司机和乐手。

那个夜晚，也许是我在阿曲的整个经历中最开心最忘我的一个夜晚。从那之后的日子，就只是似乎绵绵无期的煎熬。

我当然明白老那所有那些安排的苦心。他期望我能跟他一样安心，期望我能跟他一样长久地待下来。但是我的感动就像这高原上的雨一样，还没有落到地上就消失了。我实在安心不下来。他那张写满了期望的脸就像一面镜子，照出了我的未来。他一口一声地说他老了，他的样子也的确比内地七十岁的人还见衰老，然而他还不到五十岁。看着他那张脸，我不寒而栗：五十岁以前，我就会这样衰老了吗？

等剩下我一个人的时候，我脑子里成天就转着这个念头。最初的几天，我几乎觉得我会疯狂。我一整天一整天地对着空寂的戈壁滩发怔。

这里是当地藏人的“夏”牧场，冬天他们转场去了山里的冬窝子。帐篷拆走之后裸露出来的船形塔夸，像墓碑一样这里那里地散布在灰白色的滩上，宣告着一次生命轮回的终结。内地已经初夏了，这儿滩上的草还完全没有一点萌芽的迹象。没有阻拦的，整个长冬无休无止的漠风摧残了一切生机。如今我的生命也正在被它狂暴疾速地卷走，它每天都在我脸上留下一道年轮。

生命！生命！生命！

我抓紧双拳——似乎要攥住什么——声嘶力竭地叫喊。声音颤抖着，拖长着，飞过死一般寂静地沉睡的荒原，向远处飘去，在凝固的、无边无际的、冰冻了的浪涛上回荡，变得越来越尖细而微弱，很快就消失得无声无息。回答它的是更加强劲的岁月飞逝的呼啸。

一个星期以后，我没有告知县局，不顾一切地跑到附近的公路上，拦了一辆车，回到西宁。

我自己都很奇怪，我当时那个幼稚的冲动会那么强烈，那么执着：我当时最想证实的，就是这世界还会有树发芽、草发青。在阿曲，我怀疑这是否可能。

西宁的树鹅黄，西宁的草青青。世界生意盎然，生命并未远逝。

我一下子平静下来，立刻就想起，为了这次可笑的冲动，我将付出代价。处分可能是严厉的。不过即便如此，我也不会后悔。刚来阿曲的这次最初的冲动，让我避免了也许是最严重的一次精神危机。

几天后我回到阿曲。老那问：

“去哪啦？”

“西宁。”

“有急事？”

“没有。”

“那为啥？”

“就是想看看草，看看树。”

“看见啦？”

“看见了。”

“咋样？”

“顶好。”

“那就好。”

七月草滩返青的时候，老那带着全局子的人到草滩上去切草皮，铺满了县局的院子。又在院子中间，用石块精心围了个别致的花坛，掏出里面的冻土，垫上羊粪，种上青稞。青稞不结实，但是有穗，也比草高，有婀娜摇曳的样子。

完了，老那又一个一个去跑线务站，如法炮制。

“好歹看个绿色叨，”老那长长叹了口气，“我早该想到的。”

三、关于卓玛、娜仁花和欢喜菩萨

我的同青藏不可分离的命运，在我父亲手上就注定了。父亲五十年代末带着我们一家随地质队进入青藏。父亲辗转跋涉过的那一大片叫作金银滩的地方，不久就成为国家第一个核武器试验基地。父亲后来死于无名的绝症。省长给他送了花圈。父亲死的时候仍然充满了壮烈献身的激情，他交代母亲，把儿子送回内地读书，不能荒废了他——那时候，我们家住的地方，几百公里以内没有学校——学成了，再回到高原来。他就为这，把我的名字改成了高原。母亲和姐姐由父亲生前的单位安排了工作，我被送回内地的叔叔家，一年后我上了小学，直到在当地的邮电学校中专毕业。分配是无须选择的，去向只有一个，那就是回到青藏，回到母亲和已故的父亲身边。根据父亲的遗愿，他被埋葬在青藏。

我受到祝贺，被人们围着瞎起哄。人们祝贺我将拥有许许多多的卓玛或娜仁花。高原是广阔的，高原是自由奔放的，高原有多么广阔，就有多么自由奔放。高原是青春的伊甸园，无论走到哪里，都会有卓玛或娜仁花向你敞开火热的胸怀。你将要去走王洛宾走过的路，你将要成为新一代西部歌王……

离开青藏的时候，我只有五岁，除了觉得空旷，我对青藏没有更多的印象。我相信在那广阔的原野深处，不会没有迷人的故事。学校的历届毕业生中有许多分配到青藏的人曾经回来讲过他们的经历。他们很含蓄地讲到敖包，讲到帐篷，讲到月光如银的夜晚弥漫在车轮下和小河边的醉人的草香。他们撩起的只是神秘面纱的一角，已足以使我们骚动不安。

一切都并不是凭空的想象和编造。在我来阿曲的路上，当班车经过湟水河边的扎藏寺，车上人欢呼说，那就是王洛宾结识卓玛的地方，那就是给《在那遥远的地方》带来灵感的地方，我承认，我的心里的确涌起过一片瑰丽的憧憬，我觉得前途充满了让青春燃烧的诱惑。那天晚上我把日记写成了诗：当我认识绿色天使的人生价值……我心里想的是爱情。

但是，此后的日子，我从来不曾拥有过卓玛或娜仁花。我后来知道，“卓玛”和“娜仁花”是在藏族和蒙古族少女中最常见的名字。

在线务站，除了老那隔些日子给我送一趟粮食、煤和维修零件，其他的大部分日子里我见不到一个人。这个线务站所在的地名叫扎德勒。“扎德勒”是藏语“歼敌”的意思。这显然是远古部落战争的遗存。如今，在这片无垠的荒滩上，我长年累月看见的只能是风与风无休止的厮杀。

同我一样无奈却不得忠实地目睹这无谓却猛烈的厮杀

的，只有太阳和月亮。周而复始地，先是一种淡淡的奇异的光，不知道从哪儿发出来，一下子照亮了起伏汹涌的荒原。慢慢地，远处那些最高的山峰变成了浅浅的玫瑰色，就像刚剥出来的羊肉那样。然后，太阳便像君主一样在巍峨、壮伟的高原群峰后面驾临了天空。整个白天，它缓缓地移动着威严的步子，用火焰般的目光，逼视着一大片铁青的砂砾构成的凝固不动却又狂暴喧嚣的波涛，把那些仅有的零星的泥土，烧烤得像干羊皮似的蜷曲起来。除此之外，到处是一片死寂，没有一点运动。然后，它渐渐地在另一些山峰后面沉下去，在最后一次让天空变成一片血海之后，听任世界慢慢变得灰暗。然后，月亮如期而至。月亮的冰冷的光芒把峡谷和沟壑，海子和平滩，以及高高低低的山峰勾勒成一些断断续续的单调的曲线。然后，冬日荒原的寂静、寒冷、孤独和死亡似乎透进你的心胸，使你的血液冻结，使你的四肢僵硬，使你的灵魂同肉体分离，悲伤地看着自己的尸体。日复一日，你就这样处在浑然的苍天和漠然的荒原之间。今天和明天完全一样，就像念珠串上的两颗珠子。在这个被世人称作“世界第三极”的地方，任何人——我说的是任何神志正常的人，当你必须长久孤独地面对荒原的时候，你就每时每刻都无法不想，要么被这死寂吞食，同他融为一体，成为神灵；要么远离它，回到世俗的——哪怕是极污秽、极腐臭的生活，极丑陋、极恶毒的人丛中去。

我来之前，这个线务站空了一段时间岗。原来在这里的那个线务工，是本省人，在本省邮校毕业后分到这里，一待就是九年。离开这里的时候，他差不多已经失去了语言能力。他在线务站给县局打电话，好半天才说出一句话，而且无法连贯，无法让人明白他在说些什么。后来他放弃了努力，无论县局的人怎么样呼叫，也听不到他的回话。等到县局派出的人赶到，他已经不在了，桌子上留了一张字条："我要到内地去，就是死了也值。"人们想起来，他在电话里反反复复嘟哝的，就是这句话。这件事发生在老那前任局长被开除之后。他是被那个悲剧深深地震撼了。他本是个好工人。扎德勒线务站连续九年一直是全省的模范线务站，他本人出席过全国的先进表彰大会。但是在他打完最后那个电话起，这一切都改变了。他到底被击垮了。他的去路其实是一片迷茫，一切都未可预卜。等待着他的也许是更大的不幸。但他已视死如归。他已觉得这样的活着比死更痛苦。

击垮他的是同时间一样永恒的寂寞。

九年！他的神经的坚强已经得到证明。同样的时间长度，我连想象的勇气也没有。

同初来的时候相比，我已经麻木得多了。我已经习惯了不刷牙、不洗脸、不洗澡的日子；我已经习惯了没有蔬菜永远只有手指粗的黑薯条、浸泡了一个星期才能煮食的发霉的咸肉干的日子；我已经习惯了用酥油灯照明、用干牛粪擦碗、用手抓代替筷子的日子。但我不能习惯这里的寂寞。这里的寂寞是一个漫无边际的囚笼幽闭、窒息着你，让你喘不过气。我整天不离酒，整天写诗，整天做着白日梦。但只要一旦意识到我只是在同自己对话，我就惊醒而恐慌。寂寞像是一片走不出去的沼泽，无论你怎样挣扎，结果都只有在原地陷落。

我不知道自己能支持多久。

仿佛是对我的怜悯，有天早上我忽然听见了鸟叫的声音。起先我以为是幻觉，疑疑惑惑地从床上爬起来，疑疑惑惑地推开窗子。

真的有一只鸟，就在窗外不远的线杆上做巢。

我慌慌张张地扑到门外，站在线杆下我兴奋得全身发抖。

是一只雄鸟。

以后的日子，我每天就是全神贯注地看着那只鸟，飞出去，又飞回来，从不知什么地方衔来了干草，衔来了土块。于是，在扎德勒荒滩上，有两个巢：一个是鸟巢，一个是线务站；有两个生命：一个是鸟，一个是我。

我们很快就亲密了。我们相依为命。我把拌炒面的曲拉和最新鲜的烤饼都留给了它。我一声口哨，它就飞到我的窗子里来，在窗台上，在床上，在屋子里，庄重地走来走去，高视徜伴。我出去查线或是查线回来的路上，它会出其不意地从我身后一下子扑落到我的肩膀上。

我给你叩头，高原的神灵。

却从县局来了电话，询问线路的情况，他们觉得有些不对头。

“不可能的。”我说。扎德勒的线路在维护上是一流的。这当然是我前边那个线务员的功劳，到底是全国优秀线务员。

“要不就是哪段线夜里冻断了，这是最常见的事。”

“也不可能，”我说，“一年里最寒冷的日子都过去了。”

“那……要不，就是线路上有鸟巢？”电话里传来老那沙哑的声音。他的呼吸很重，就像站在我身边。

“你怎么知道？”

“以前常有的事。”

“是。”我不得不承认。

“得捅掉它。”

“你说什么？”

“把鸟巢捅掉。”

“凭什么？”

“鸟巢里要是有铁丝什么的，会给线路造成短路的。”

“不行！”

我抛下电话。

那只雄鸟已经有了配偶，它们就在我的窗台上卿卿我我。

我不明白我们为什么要到这种地方来。我说的“我们”是指我之前已经来过、我之后还一定要来的人。在这个人口密度每平方公里还不到一个人的地方，我们的存在有什么必要。我所监护的这条线路通往扎德勒谷地深处的那一端，只有一门电话，而这段线路却有将近二百公里。这门离县城二百公里的唯一的电话，常常被乡干部埋进牛粪。这里的人们依靠天赐的草场放牧牛羊，然后烧牛羊粪，吃牛羊肉，喝牛羊奶，穿牛羊皮。他们自成一个完整的生物链。他们不需要外面的世界，甚至恐惧外面的世界；他们不需要通讯，甚至恐惧通讯。他们常常对那个莫名其妙就响起来的东西感到不知所措，又不知道是不是可以掐灭它的响声，就干脆把它深深地埋进牛粪。任它响着，却不能听见；任它存在着，却不能看见。他们顽固地拒绝现代文明，但现代文明却更加顽固地要楔入他们的生活。我觉得这是徒劳。

接到县局电话的第二天，我被鸟的凄惨的叫声惊醒。鸟拼命地扑打我的窗户。

窗外站着老那，他已经把鸟巢从线杆上捅下来了。

“我不得不这样。要不，你会下不了手的。”

我咬牙切齿地逼到他面前。他满脸惭愧地平静地看着我：

“对不住你了。”

然后，他从身后扯出一个人来：

“叫叔。”

这个一直躲在他的羊皮大氅后面的人刚刚齐他胸口。他显然是被我的凶狠表情吓坏了，两只滚圆的眼睛惶恐地睁得老大，拼命往老那怀里退缩。

“这是肉巴，我儿子。我让他来陪陪你。还有一个月，他该上学念书了，到时候我来接他。”

肉巴不像父亲，像他自己的名字，有一张肉乎乎的脸和一双肉乎乎的手。脚底下是一双开了口的烂鞋子，露出肉乎乎的脚指头。在早上的凛冽的寒气里，脸上的两个小红团，红得发紫。

他刚到上学的年龄，有什么理由让他在天亮前的严寒中被父亲带出家，带出县城，带到一百公里外的荒滩上来？

“叫叔。”

老那用力往前推他。

肉巴紧贴在父亲的胸前，把脸缓缓地侧过来，怯怯地喊：

“叔。”

我松开关节捏得格格作响的拳头，蹲下去，抱住头。

老那和肉巴在扎德勒站上住了两天。我不让老那留下肉巴，我和他都没有这样的权力。老那叹了口气，说：“那就难为你一个人了，实在受不了，就打电话。你不打电话，咱也老惦着。”

肉巴趴在拖斗的后厢板上，很忧郁地看着我：“叔，回咱家吧。”

他现在明白，我其实是个可怜的人。

在这之后，道白出现了。道白赶着一大群牦牛和羊来到扎德勒草滩。马车上有他簇新的帐篷和新娶的婆娘。

道白属于一个人丁兴旺的家族。他们全家以父亲为头承包了五万亩草场，父亲又把扎德勒草滩分给了道白。“道白”是一个莫名其妙的名字，问他，竟是他出生时父亲从一本印了样板戏剧本的书上翻出来的。那时候他们都这样取名字，他们乡长就叫革命才让。道白身上穿着一件满是油腻污垢但显然价钱昂贵的西装，头上戴着一顶已经破旧不堪的“文革”时的军帽，怀里则揣着大把的钞票，隔几天就跑到公路上去向过路的司机买酒。他从不问酒的价钱，发纸牌似地往外抽着百元、五十元大钞。

每天道白把牛羊赶到草滩上，让新娘留在帐房打酥油、熬曲拉和酿酸奶，自己就抱着一堆酒瓶来找我。我们在草滩上坐下来，一喝一整天。

道白跟他的名字完全相反，你不问他什么事，他就永远不道不白。他一边喝酒，一边数念珠。嘴像鱼似的蠕动，念诵六字真言。他念得很流畅，抑扬顿挫，像朗诵，又像唱歌：

“唵”字起音很低，至“嘛”字渐高，“呢叭”达到高潮，念到“咪”字时声调又缓缓下降，最后的“吽”字音则低且重，如石落深谷。他念得很快，简直听不出他怎样换气，听不出六个字之间的间歇。念诵贯穿着他的全部活动，刚刚回答我的问题，马上就接下去念起来。他并不知道六字真言的真正含义。问他，他说念了好，以后可以升天。如此而已。他喝酒也没有明确的目的。他反问我，你说为什么喝？我也说，不知道。

但是我知道的。我让自己持续地沉醉是为了缓解寂寞感。道白的出现突出了我的孤独，寂寞感反而变得更加厉害。

道白把他的帐房扎在离线务站不太远的地方，为的是成为我唯一的近邻。每天晚上都从那里传出毫无节制的快活的喘息和喊叫。道白比我小好几岁。他的青春的欢乐像锥子似地钻进我的身体。我终于忍不住，远远地跑出线务站。

沸腾的血！

道白那条凶猛的藏獒凄厉地叫起来，似乎是呼应我心里的哀号。

白天我和道白照例在草滩上坐下来的时候，道白的神情有些异样。他不像往日那样专心地念诵，老是停下来，心神不定地看我一眼。到我们两个人的身上都开始燥热的时候，道白突然向我倾过身子，血红的眼睛逼视着我：

“娶我妹妹，嗯？”

"你说什么？"

"娶我妹妹！我妹妹是桑吉卓玛。"

"道白……"

"你说我婆娘好看吗？"

"我不明白你在说啥。"

"我妹妹比她更好看。"

"道白兄弟……"

道白低下头，很失望：

"我明白了，你不喜欢我们藏人，你不喜欢桑吉卓玛。你们只是在歌里边喜欢。"

"你胡说些什么呀。"

我抓起酒瓶，给他和我自己都倒满酒：

"道白兄弟，我明白你是好人。你的心是金子做的，你的桑吉卓玛是仙女。可是我不能！"

"那为啥？"

道白是个死心眼。

"我有女人。"

"在哪？"

"在县里。"

我要说得太远，他不会放弃他的好意。

"县里的什么地方？"

“……县局……”

“是谁？”

“尕斯。”

说完我自己吓了一跳。我现在发现，从我到阿曲来的第一个夜晚见到尕斯开始，就成了她的俘虏。

我向后倒下，仰面朝天。尕斯微笑着，站在我面前，两只眼睛放肆地盯着我，让我心慌意乱。

不远的地方，传来道白婆娘打酥油的声音。“丁——冬，丁——冬，丁——冬”，底端带着木十字的手柄轻巧而有力地叩击着酥油桶，每一下都像叩击在我的胸口上。道白婆娘穿着鲜艳的藏袍，带着贵重的项饰和卡扎。她很美，安详而原始。尕斯是漂亮，化过妆，妩媚而逼人。尕斯是从西宁招工到阿曲来的。她在北京进修过话务专业，回来后分到县局交换台。她跟我同年，但显得比我有见识。她有时心血来潮地给我打电话聊天：“你很有意思，像个女孩。”她把声音压低，格格地笑着。她问我是不是每天写诗，为什么不寄出去发表。她说我应该多写关于爱情的诗，诗其实只属于爱情。

在那些枯寂的日子，尕斯偶尔打来的也许并无深意的电话，是我的生命泉。使我长夜难眠的是听着它淙淙流淌，却不能啜饮。

道白不知什么时候已经走开。等我听到马嘶和蹄声，翻身坐起来，骑着马的道白已经跑远，身后扬起一溜白色的烟尘。

天黑前，道白骑着马一直跑到线务站的门口，高声喊叫：

“我找到尕斯了，那局长过几天送她来……”

马高昂着头，刨着蹄子打旋，浑身大汗淋淋。马上的道白半拉衣袖掖在裤腰里，强壮的胸脯和臂膀在夕阳下闪着青铜的光辉。

也许我是自作多情，我至今一直觉得，尕斯是多少有些喜欢我的。那次她跟老那到扎德勒来，的确是愉快的。老那是到扎德勒前面的线务站去送器材的，她就顺便搭了老那的手扶拖拉机。她当然是特地来看我的。如果像她自己说的仅仅是利用换班的日子出来“卓卓”（踏青）散心，那就大可不必跑到扎德勒来，阿曲哪儿没有草滩。

道白显得比我还要高兴。他牵了两匹鬃毛刷得油光水亮的马来，马背上铺着他新婚用的毛毯，一个劲催促我们上马。

我是这些日子才跟道白学会骑马的。在我刚刚小心翼翼地爬上鞍子的时候，尕斯已经欢叫着窜进了草滩。

我们跑得很远，已经四顾茫茫了，才让马放慢了步子。我们走到扎德勒的那个烽火台下，那其实只是一个倾颓的土堆。但是老那把它看得很神圣。上次为了那个鸟巢他到扎德勒来时，带着我和肉巴来过。站在这个土堆前，他的那张狐狸脸一下子变得神情肃然。

烽火台应该是最早的邮路，他说，不只是我们，自古来不知有多少人在这里苦挣苦熬过，这下边不知埋葬了多少白骨。一个国家有多长多远的疆域，就有多长多远的邮路。邮路是国脉。

这之前，我一直在跟他争论，我们这样的生命禁区办邮电，值不值得；我们的苦挣苦熬，值不值得。

“你让我到扎德勒来，就是为的向我传达局长的说教吗？”

尕斯跳下马。

“当、当然不是。”

我很惶然，头一次这样同一个我梦想过的女孩子独处，我其实不知该说些什么。我对这不期而至的幸福，毫无心理准备。我好像是戏里那个凄凄惨惨的长工突然见到从天而降的仙女，缓不过神来。

“傻愣着干什么，还不下马？”

我慌慌张张地从马背上滚下来。尕斯一直走到我面前，就像第一次见面时那样逼近我。那次是由于屋子太挤，而现在，天高地阔。

“你疯了，让一个牧人到局里去找我？真疯了，他差一点当场就把我劫上马背。”

“我？……没有……”

“哼，还装蒜。抬起头，看着我，看着我的眼睛。告诉我！你真的那么喜欢我？想我？”

我闻到了她的发香，我感到脚下的大地在波动，我一下张开了臂膀。

“不！不！不！”

她拼命捶打我的胸膛，从我的怀抱里挣脱出去。

“你没有权力。”她说，掠一掠弄乱的头发。

我呆呆地站着，失魂落魄：

“是的，我没有权力。”

她却又咯咯地笑起来：

“你真熊！”

然后她重新走近我，侧着头向上看着我哭丧的脸：“我们骑马吧，好吗？”

我永远不能读懂女孩子。我后来像小狗一样听从她的吩咐。我没有想到，她会把刚刚还不承认的权力以那样刺激的方式重新赋予给我。

她让我把她抱上马，背对马头，再让我上马跟她面对面同坐在一匹马上。

“见过欢喜佛吗？”

她突然抱紧了我的腰，把脸埋进我的胸口：“让马跑吧，快跑。”

四、关于密宗、雪灾和熊

我是在西宁塔尔寺的壁画上，见到欢喜菩萨的。那是双身佛，称作“喜金刚”、“欢喜金刚”、“欢喜佛”等等。是西藏密宗供奉的佛像。

塔尔寺有藏密学院。塔尔寺的好几个寺院里，都可以见到有关欢喜菩萨的壁画。其中有的与正常人无异，有的则是多面多臂，甚至长了牛角。

欢喜菩萨的形象同我在这之前听到的传说大致相似：两个裸体男女均取坐姿，男体紧拥女体于怀中，女体背朝观众，双臂紧搂男体颈项，双腿盘缠于男体髋部，头后仰，同男体呈欲吻状。

我立刻想起法国人罗丹的雕塑《吻》：两个赤裸的男女青年抱颈相吻。只是欢喜菩萨毫无罗丹雕塑的美感。在交合中修持的欢喜菩萨与其说是“欢喜”，不如说是痛苦；与其说是在修持大乐光明，不如说是在纠缠挣扎。男体的面部似乎因为极大的痛苦而变得凶恶狰狞。女体也如同抽搐的蛇。其中一幅，那个八面十六臂的明天（佛父），以主臂拥抱明妃金刚无我佛母，其余的臂都大张着，简直是张牙舞爪。男女双身的颈项上的念珠，全部由骷髅组成，而曼陀罗（佛座）的装饰物，也大都是骷髅。看上去像是魔鬼的宫殿，阴森可怖。

我后来留意过相关的资料。其实，“交合”是世俗直观的认识，“修持”才是佛门追求的本义。藏密认为，人在性爱的极度快乐中可以见到一种只有在死亡前的刹那才能见到的光明。死亡无可体验，只有在双身的修持中熟悉这光明的境界。一旦死亡来临，死者就能将这大乐光明把持住，从而神识得到解脱，再不参加尘世轮回的苦海。藏密将人类最容易沉溺的行为作为修持的法门，其方式超越了小乘，也超越了大乘：面对有毒的野果，小乘行人害怕中毒，碰也不敢碰，大乘行人或许敢碰，却不敢吃。敢吃并将其转化为修行养料的，只有密宗行人。修持极为神圣。修行者依赖明母（女体），是为了现证俱生智道以及究竟菩提。心有是念而无肉欲，才有修行成功的把握。反之，则成破戒。修持与情欲，一求解脱，一为沉沦，满不是一回事。

我和尕斯搂抱着在扎德勒草滩上发疯似的纵马疾驰的时候，我心里一直犯着嘀咕。尕斯在这种时候说起欢喜菩萨，给我的是一种不祥的预兆。并不是因为觉得她亵渎了神明，而恰恰因为我们都不是神明。我和她的相拥，不是为了见鬼的超度，而恰恰是为了世俗的幸福。

尕斯在傍晚前跟随返回扎德勒的老那回了县局。那一天给我留下的记忆有甜蜜，更多的却是苦涩。

甚至在最该忘情的时候，尕斯都拒绝我吻她。她给的限度只是让我尽情地贴住她，我们紧贴着的身体唯一裸露的部分只是脸庞。她说她在京城跳过贴面舞，她喜欢那种感觉。她用力扭动着躲避我的嘴唇，然后在我的耳边喘息着说："对不起，你还一点不了解我。"

关于她，我并不是一无所知。她第一个男朋友是进修时在北京的那个学院里认识的一个大学生。毕业的时候他们已经难解难分，他主动要求分配到青藏来。他留在西宁省局，但只待了一个月，就只身去了南方的一家外企公司。走的时候，户口、档案、人事关系都扔下，也扔下了尕斯。他甚至都没有跟她打声招呼，走了之后也再没有音信。

尕斯一直痴痴地等着，她相信他一旦有了成功就会来找她。她也曾动过去找他的念头，但是她在西宁的父母说，她真要那样，他们就不活了。他们只有这个女儿，宁肯看着她在身边吃苦，也不能失掉她。

尕斯未必爱我。或者说，她对我的确有那么一点好感，但她并不打算让它发展成为爱情。双修者为了超度而付出，而她只是双修的模仿者，为了世俗的愿望，而不肯付出。她到扎德勒来，只是为了对付心里的饥渴和空虚。这其实是我和她之间最大的共同点。

尕斯在当天离去，让道白觉得气恼。那天在县局，问清了谁是尕斯之后，他便直闯交换机房，不由分说地一把扯住尕斯，让她跟他走。全局的人都被惊动了。老那再三劝说，并保证过几天尕斯换班时，一定送她去。道白这才罢休。他信任老那的承诺。在阿曲，几乎没有人不相信“瘸腿狐狸”。事后老那向尕斯道歉：他很冒失，他向道白作出承诺之前并没有征得她的同意。尕斯说，那有什么，她很高兴，她很愿意去扎德勒。

“她为什么走？为什么不在这里过夜？”

尕斯走后，道白追着我问。

“她要上班。”

“明天早上可以骑马去，我可以送她。”

我只好说：“我们没有结婚。”

“不结婚就不能一块睡觉？”

“不能。”

道白很迷惘，似乎不可思议。

“那她还会来吗？”

“当然会。”

但一直到道白转场，尕斯都再没有到扎德勒草滩来。每隔一些日子，我都不得不编一些理由，告诉道白，尕斯已经说好了要来又为什么没有来。

道白转场的那天，我帮他拆帐篷，拾掇装车。他让他的婆娘骑马赶着羊群和牛群先走，让我跟他一起坐着马车，缓缓地走在后面。

是一个阴天。草滩上飘浮着淡淡的雾气。风不算大，但飕飕地直往脖子里钻。羊群和牛群像一大团云彩，在起伏不平的草滩上向前移动。草已经枯黄，但羊群和牛群还是恋恋不舍地不停地轻轻啃着、舔着滩上灰白的盐碱。道白的婆娘骑着马，前前后后，来来回回地在它们中间游动，紫色的藏袍和翩翩飘舞的金黄色的勾勒格热显得格外醒目。很远的山根下，还没有转场的牧人的帐房，依然升起炊烟。炊烟在风里斜斜地飘散，为将要到来的离别，向“夏”牧场作最后的倾诉。

道白依旧是数着念珠，嘴像鱼似的蠕动，不时地仰起脖子喝口酒，然后把酒瓶塞给我，我喝了，他再又接过去。我们就这样你一口我一口地喝着酒，摇摇晃晃地听任马车把我们带向远方。好久好久，我们一言不发。

有一行雁在远处的天边横过。道白抬起头，眯缝着微醺的眼睛，忽然说：

“她不是你女人，你骗我的。她是尕斯。尕斯的心在天上。”

尕斯是小名。“尕斯”在当地的语言中是“大雁”的意思。父母给她这个小名，当然是希望她有一天能高高地飞翔。

道白很聪明。

“我对不起你，道白兄弟。可我不是故意的，我是不想让你伤心。”

“我很伤心，”道白血红的眼睛里忽然有了亮晶晶的泪珠，“我的桑吉卓玛要出嫁了。”

我想起来，转场前，有过山里人来到道白的帐房。

我重重地出着粗气，说：“道白兄弟，你不必为我伤心。尕斯飞得再高，也要落到地上，草滩上的金盏花被人摘走，还会再开。别说这些啦，你要真的帮忙，就帮我做件更要紧的事。”

“你说吧。”

“回去跟你们革命才让乡长说，别再把电话藏进牛粪堆里。那样，我就不会因为线路老是发生故障老是要跑远路。你要记起我，也可以随时给我打电话。”

“我不会去找革命才让大叔的。电话坏了，你就会到乡上来。我也不会给你打电话的，我会骑着马跑到你面前。”

分手的时候终于来到。道白跟着我跳下马车，突然把那串念珠塞到我手上。

道白以前跟我说过，那串念珠是奶奶的遗物。珠子是神木圣树的菩提树子制成。两颗加本（珠王）是从印度进口的红玛瑙珠。拥有这样一串念珠，是藏家的骄傲。我迟疑着，不敢收受，又不敢推辞。

道白感觉到了：

“到家的客人比阿爸长一辈，在外的朋友比兄弟亲一倍。收下吧，佛祖会保佑你。我今年念了十万个‘嘛呢’，送一半给你。回去，我还会为你诵经祈祷。”

道白后来还是给我来了电话。

那一年的冬天，发生了扎德勒牧人多少年后一旦说起还是不禁胆寒的雪灾。

雪灾比以往大大提前，让当地政府和牧人措手不及。往年，大雪多是伴着暴风而来，边刮边下。大风把积雪吹到沟口和山坡上，山沟和滩上积雪较薄，太阳一晒容易融化。而这次大雪没有暴风作伴。奶粉一样的雪粉，羊毛团一样的雪团铺天盖地交替飘落。阳光照在积雪上，表面融化，结成冰盖。大风吹不动，木板推不开，整个冬牧场被严严实实地扣在巨大的冰盖之下。这样的大雪在一个冬天里一连下了几场。大雪填平了所有的深谷，河流和湖泊，把一座座巨大的山峰连成一堵白色的、千篇一律又惊心动魄的冰冻的绝壁。绝壁后面是与悬崖齐平的雪原。雪原底下深深地无声无息地掩埋了所有的冬窝子。

山封了。路断了。帐房塌了。储存的干草和牛粪尽了。牛羊在互相撕咬光了身上的皮毛之后成片地倒下。绝畜了，就绝了奶；绝了牛粪，就绝了火。扎德勒谷地将不再升起炊烟。

道白和他的几个兄弟在最后一场毁灭性的大雪来临之前钻出了峡谷。突围路上的十几天时间里，他们骑的马随着草料的一天天减少，一匹匹宰杀了。是马血把他们送出了峡谷。

他们在乡政府库房堆放的干牛粪里翻出了电话。

“高原兄弟，救救我们。”

道白的声音听起来奄奄一息。

乡长革命才让早已带着乡干部下去寻找和解救冬窝子了，竟始终没有想到应该用电话向扎德勒以外的世界发出一声求援的呼喊。

雪灾教训了阔绰富裕却没有现代意识的牧民。雪灾让他们放弃了对电话的蔑视。阿曲县邮电局通讯效益负增长的局面开始逆转。在这之前，阿曲即便是县上的干部，即便是用公款，也不肯装电话。他们说，牧民不打电话，咱这屁子大个镇子没几根人毛，喊一嗓子谁都能听见了，要那玩意有啥用。磨破嘴皮子让他们装了，又老欠着话费。说，你们要嫌亏得慌就撤了它。

阿曲通讯面貌的改观让省上的领导振奋。他们介绍来自中央新闻单位的记者到阿曲去采访。

记者们的日程很紧。他们下午到达阿曲，第二天早上就要离开。老那提前把线务站的人都通知到了县局等候。怕大城市来的记者不习惯，老那自己跑到县城最好的一家餐馆订了晚餐。餐馆是个四川老板开的。屋子虽然仍是一面坡，但里面按内地风格贴了墙纸，装了花花绿绿的顶灯，雅座里还有卡啦OK。花土沟镇上多少见过些世面的人把这里叫作香港夜总会。

四川老板很殷勤，特地请了两位藏族姑娘来敬酒，说是让首都来的客人领略高原风情。

老那说：“不用，我们有尕斯。”

尕斯马上说：“不，不，我不会唱这里的敬酒歌，还是让她们唱吧。一会吃过了，我陪老师们唱卡拉OK。我只会唱流行歌曲。”

老那有些奇怪地看着她，张了张嘴，想说什么，还是打住了。尕斯参加过全省民歌演唱大赛，就凭《敬酒歌》拿过名次。

尕斯今天精心打扮了自己，脸蛋上扑了很重的脂粉，眉毛和嘴唇都画得很浓。原先盘在头顶的长发完全放松，瀑布似的披在肩上。一件大红的风衣腰束得很紧，胸脯在风衣领口露出的白羊毛衫后面高高耸起。跟她比起来，我们全局子的其他人灰溜溜的像是草滩上的地老鼠。

几位记者除一个棒小伙，全都老成持重。也许是因为奔波劳累，也许是因为高原反应，都显出几分憔悴。从内地到青藏来的人，最怵的就是喝酒，明知不胜酒力，却又盛情难却。没有充分理由，那就只有横下一条心赴汤蹈火。几位记者显然老练，酒还没有端上，先就声明胃痛，声明血压高，有一位还真的拿出了随身带着的救心丸。只有那位棒小伙挺身而出，说，没事，喝酒，我来代表你们。事后证明，他的酒量的确不赖。一碗一碗酒下去，他就像喝凉白开。除了脸红脖子粗，一点事没有。别人不给他敬酒了，他倒主动找理由给人敬酒。

他挨着尕斯坐着，就说，我要给今晚的皇后敬酒。喝完了，又说，你怎么不回敬我？你是皇后，我是从皇城来的。尕斯说，行，要敬我就连敬三碗。尕斯的酒量在阿曲是有名的。县委、县政府招待上级来的人，常请她参加，回回都有人被她敬得连滚带爬。

这位北京来的小伙子大约是尕斯在酒桌上遇到的最强的对手之一。到后来，小伙子邀请她唱卡拉OK，当着一屋子人，小伙子仗着酒兴把她揽在臂弯里，她也就凭了醉态小鸟依人般地那么歪斜着。他们唱的都是火辣辣的情歌：爱上一个不回家的人……你选择了我，我选择了你……只要哥哥/妹妹你耐心地等待哟……再后来是连夜采访。小伙子就只采访尕斯一个人。他们先是在屋子的一角叽叽咕咕，后来就干脆走出了屋子。

他们去了草滩。正是阿曲的黄金季节，草滩上的夜晚比冬天温柔多了。采访结束之后还不见他们回来。

第二天早饭后，记者们出发。小伙子一直在眉飞色舞地跟几个同伴讲他昨天晚上的探险。他跟着尕斯在草滩深处遇到一位去拉萨朝佛的藏人。那人在路上已经走了三个月，就拉着一辆架子车，上面装着简易帐篷、食物和一个顶多五岁的男孩。架子车边已经支起了帐篷，矮得只能爬进去，人也只能和衣睡在草滩上。

前面还要翻昆仑山，翻唐古拉山，也都只能是这样。他们出门时带的食物已经光了，一直是乞讨着走来的。但他们带着好多年的积蓄，他们要布施给布达拉宫。那个藏人的小男孩已经在帐篷里睡了，他自己还坐在帐篷外面的草滩上一手拨着念珠，一手摇着嘛尼轮，口里同时诵着真言。真是神了！等等。小伙子昨晚回来得晚，其他人都睡着了。

老那带着几个业务负责人送行，又让几个线务站来的也都陪着，等记者们走了再下去，这样送行就隆重多了。我看见尕斯早来了，远远地靠在局子院墙的尽头。她还是穿着昨天晚上的红风衣，她的浓妆在白天看起来更鲜艳。

我想，北京小伙子应该单独走过去跟她告别。她所以不走近我们，也就是希望把自己和新结识的朋友同大家区别开来。但那小伙子口若悬河，滔滔不绝，一直到车子开动，走过那院墙尽头，他才忽然发现了尕斯，“哦”了一声，在车窗里随便摇了摇手。

尕斯一条腿弯着向后蹬在院墙上，两只手也背在身后靠着院墙，头垂下去，肩膀很厉害地耸动着，哭了。

从那一刻起，我心里对她存有的本来就极朦胧极不可靠的一点幻想完全消失了。她的心被带走了。事实上她的心一直就不在这里。我不怪她。她需要过我，但并不欠我。她并没有什么非分的愿望，并没有什么可以指责的地方。她的向往和失落，只不过说明，世界上并没有纯粹意义的爱情。更多的时候，环境在起决定作用。假使真有所谓的爱情至上主义者的话，人们也没有理由要求那一定必须是尕斯。我后来主动给她打过电话，劝说她保持耐心，保持生活的热情。我真心诚意地为她祝福。

在扎德勒草滩上，我已逐渐学会接受命运。手闲着的时候，我总在拨道白送给我的念珠。道白教过我，拨过一百零八颗念珠，便等于念过一百零八遍真言。然后将记录百位数的“简程”（计珠）往下端拨一颗。十颗简程拨完后，即等于念过一千零八十遍真言。再把记录千位数的简程往下拨动一颗。拨完十颗，即等于念过一万零八百遍真言。念珠串上的两颗红玛瑙珠玉从紧挨着到逐渐分开，再次相遇时，即等于念过了一百一十六万六千四百遍真言。

我学会了用念珠计时。

时光和青春在念珠上滑过。

在那些长久的孤独的沉思默想中，我甚至觉得自己参悟了密宗的奥义：藏密壁画的那种表达方式，除了根源于藏族绘画艺术色彩强烈鲜明，形象奇特狞猛的风格，应该还出于某种我们不难理解的观念——壁画上那种痛苦狰狞的表情，似也可以看作生命活动盛炽时的一种夸张变形。与此同时，那些大事铺排的骷髅则象征了生命形式的另一个极端：死亡。将生与死两个极端密不可分地统一在一起，其实并非是什么神秘，也未必有什么深奥，说到底仍只是一种对虚无的启示，同汉人的“色空”没有什么本质的区别。

我没有想到的是，我会比尕斯更早离开了阿曲。

那个冬天，我第一次那么清楚地看见了死神的眼睛。

我是上午出来检修线路的。在离开线务站几十公里的地方，有一根杆上的线被夜里的冰挂压断了接头。夜里我出来查过，差不多走了一半路，又给冻回去了。

其实是个小活，三下两下就弄好了。我收拾好工具准备下杆，忽然觉得杆子在摇，一低头，立刻傻了：一只熊半蹲在杆下，仰着头，两只细小的眼睛紧盯着杆上的活物，闪闪发亮。

我身子一软，向杆子靠去，想要抓住什么，却反而松开了腰靠的皮带，脚蹬“刷”地向下滑去。我真的看见了熊的笑容，露出锋利牙齿的恐怖的笑容。在最后的那一刻——也许更早，我重新绷紧了腰靠，重新一步一步让脚蹬咬上了杆子上方。熊激怒了，不断地拍打杆子。我知道，不是饿极了，冬眠的熊是不会出来的。

我在杆子的晃动中给县局挂通了电话。然后我把皮带挂到线上，脱出脚蹬，离开杆子，让身子吊在线上。这样即使熊折断了杆子，我也能悬在空中。但我避开的只是死亡方式的一种，将要来的夜寒，同样是死神。

是一个极好的黄昏。高原的晚霞无比绚丽。线路宛若游丝，一直伸向霞光深处。风掠过线路像拨动琴弦，声音深远而悠长，像是古歌。一度的惊恐已经过去，我想，生命的末日来临了，这末日多么辉煌，多么庄严。

连那只饥饿的熊，也终于凝然不动。

我醒来的时候，是第二天早上，在阿曲县医院里，他们正手忙脚乱地准备着把我送往西宁。老那在我挂通电话后当即带人赶路。还是在县政府找了辆卡车，赶到我那儿也将近五个小时，那时我已经像一袋冰一样一声不响地悬挂在线上。

我在西宁出院之前，省里的有关部门已经做出决定，考虑到我的健康状况和我母亲已经年迈，为了照顾烈士遗属，我被留在西宁。

五、关于朝佛和佛的本生故事

我现在可以说，许多关于青藏的传说和由这些传说引起的想象，常常充满了谬误。许多到青藏来旅行的人，走的时候带走了牛头和羊角、麝香和虫草、藏刀和哈达，甚至宝石和玛瑙，也带走了他们在匆忙中搜猎的奇闻和在浮光掠影中形成的迷惘。他们于是肤浅地谈论寺院、谈论僧侣、谈论朝佛和布施；肤浅地谈论拉仓（跳舞）、谈论物物交易、谈论抢婚和天葬。在这种津津乐道的背后，青藏是一个宁静的无知山谷。这里的人们像一个固执的老人，唯一面对的，是一本神秘莫测的古书。那本书因为由一个已不为人知的古老部族写下而神圣不可亵渎。

这是浅薄的偏见。

青藏的建筑像崇山峻岭一样浑朴庄严；青藏的艺术像太阳月亮一样明亮热烈；青藏有世界一流的经典、史诗和医术；青藏有人类天性中最纯净的率真、善良和虔诚。一万年，在哺育了华夏民族的大江大河的源头，强悍坚韧的高原民族创造了无愧于世界任何民族的健康优秀的文明。

青藏是世界屋脊，是最接近神性的地方。

我曾经亦步亦趋地追随过磕长头到塔尔寺来朝佛的信民。他们的四肢和胸膛笔直地伏在地上，前额着地磕头，接着用木棒在额头着地的地方作个标记，然后爬起，双手合十，作揖，再走到标记那儿重新伏地、磕头。这样的等身头，他们从刚出家门时磕起，一直磕到圣地。他们走过的路可能是几百里、几千里，他们走过的昼夜自己也记不清。他们历经风雨霜雪，已经衣衫褴褛，双膝、双手和额头已经磕得血肉模糊。他们脚上已经没有了靴子，褡裢里已经没有了炒面。但是他们依旧把一叠叠钞票献给了宗喀巴大师的灵塔。灵塔矗立在大金瓦寺大殿的中央，纯银的塔身周围裹着绫罗绸缎，堆满金银珠宝。那是信民们倾注的无限深情。信民们来时往往腰缠万贯，去时一概两手空空。他们将额头和面额轻靠寺墙、明柱和佛塔，依依不舍地施以最后的礼仪，然后抓一把寺院的泥土放入空空的褡裢。

我还曾跟着道白去看过天葬。天葬忌讳生人旁观，但道白说我不是生人。

我永远记得那个肃穆的平台：周围挂满七彩的经布，缠绕着白羊毛绳，堆放着刻满经文和避邪图案的嘛尼石。上面是住着专司天葬的阿卡的白色佛塔。

我永远记得那种诵经超度的吟唱：先是低沉的哼声，像牛皮筏子上桨声的吱嘎。接着是阿卡的喃喃的吟唱，歌声深沉雄浑，不像挽歌，像是年迈的祖父叮嘱远行亲人的谣曲。

我永远记得那缕在晃眼的阳光下升腾的青烟：阿卡们诵经后去掉尸布，然后登上高坡呼唤“神鹰”，同时点火煨桑——烧起添加了酥油、炒面、曲拉的松枝。于是青烟向灿烂的天空升起，浓浓的香雾向四面飘散。

我永远记得那群被称作“神鹰”的秃鹫：体长足有一米，身高足有二尺，绵羊一般大小。从最蓝的天的深处突然出现，先是一只、二只，继而是上百只成群结队而来，刹那间就让那具尸体变成了骨架。然后它们静静地列队一旁，等司葬的阿卡再挥动斧头和锤子，将骷髅和骨骼全部砸碎，用血水和炒面拌和，它们又再次簇拥而上。直到天葬台洁净如洗。

天葬不是痛苦，超度多于哀悼。“神鹰”带走了死者的躯壳，桑火的青烟则把他的灵魂送上天国。

天葬让人们想起佛的本生故事：释迦牟尼看到一只饥饿的母虎，很可能吞食自己的七只小虎，毅然从高山坠下，舍身饲虎。天葬要印证的，便是不惜生命施舍众生。

“尊贵佛裔。证道时刻已到。尔气将绝，上师助尔入观明光。明光披照一切虚幻，一如青天万里无云。尔之智性，无遮无瑕，一如真空之通体透明。速悟明光，此中长住。”

高原民族对于精神天国的信仰与膜拜，常常被混浊的心灵理解为愚昧。

而实际情况可能正好相反。

我后来跟老那谈论起这些。我说：“老那，我觉得你就是一个悲壮的奉献者。”

老那木着那张狐狸脸，呆呆地听着，忽然说：“你瞎掰个啥呀，我咋也闹不明白。我才念过高小呢。”

我是认真的。

我被送回西宁住院的时候，肉巴死了。

那天早上，到了该起床上学的时候，肉巴赖在床上，不肯起来。母亲心疼儿子，说，“那你睡吧，你爸不在家。他要回来，我也不告诉他你逃学。”

老那的妻子是他参军前在老家定的亲。老那复员后她千里迢迢到阿曲来跟老那成了家，留在局子里做勤杂工。那天上班上到半上午，她突然觉得心里慌慌的，跑回去看儿子。儿子真的出了事。

肉巴在床上大张着嘴，大声喘着粗气。浓稠的鼻血像粗粗的虫子一样缓缓爬出鼻孔。

跟他姐姐发病的症状完全一样，但他的病势发展得比姐姐猛烈。

肉巴死在离西宁还有四百公里的路上。县里派了最快的车，还是没有跑过死神的脚步。肉巴比他姐多长了一岁。

肉巴死的时候脸青紫，嘴唇乌黑，口大张着，怎么也合不拢。

他和他姐姐都没有逃脱先天性心脏病的魔掌。这是到比内地缺氧百分之三十的青藏来的内地人的后代发病率最高的疾患。

阿曲县那时候还没有能做外科手术的医院。医院对所有的患者能做的只是最一般的处理。交通管理部门在进县城的路边立着一块告示牌："本县没有太平间，司机请各自保重"。

肉巴的死把老那推到崩溃的边缘。听到噩耗的当时，他晕倒在省局局长的办公室里。他还没有来得及回阿曲。

我们成了病友。

差不多一个月的时间，老那一直在纹丝不动地发怔。人们让他做这做那的时候，他只是机械地服从。我在他那张木然的脸后面，时时看见肉巴肉肉的脸蛋和滚圆的眼睛，听见他怯生生地喊：“叔，回咱家吧。”

老那的头发一下子全白了。身上好像抽干了血，更加枯萎干缩了。医院担心他有可能精神失常。他的妻子整天以泪洗面。领导和同事们忧心忡忡。

但是他挺过来了。

省局的领导跟他商量，他在青藏已经干了三十多年，省局可以出面，给他在内地的老家联系工作单位，或者，他在西宁留下。省局已经为在青藏工作多年的病、退人员盖了大片的房子。

老那摇摇头，他要回阿曲。退休了，也要留在阿曲。他两个娃都埋在阿曲，他要在那儿陪他们。

老那走的那天，我去送他。就是在那时候，我说了他是奉献者的那句话。他后来说，从到青藏来的那天起，他就把命交给青藏了。他只能在阿曲活着，哪儿也回不去的。

老那不是矫情，他说的是再实在不过的话。内地来青藏高寒缺氧地带连续生存二十年以上的人，一旦回内地生活，常常没几年就莫名其妙的猝死。好多年后医学界才确定这种死亡的病理：那是氧中毒综合征。

老那是值得的。

我后来听说，阿曲的人们迎接老那的回去，像迎接英雄的凯旋。

达尔角合镇上，那一天真正插满了彩旗。从达尔角合镇到阿曲县城的花土沟镇一百多公里的便道两边，站满了来自阿曲各个乡的牧民，他们静静地骑在马上，双手托着哈达。老那坐的车子缓缓驰过彩旗和哈达的夹道。他走过的地方，牛角号和猎枪齐声轰鸣，此起彼伏。

我惭愧，老那，我没有追随你。

六、关于《青藏手记》的手记

笔者不久前往青藏采风，在当地一位宣传干部那里见到这本《青藏手记》，写在一本通常可以见到的工作笔记本上。

这是一件遗物。遗物的主人高原几年前死于脑溢血。他当时是在从西宁往阿曲的邮路上。在达尔角合镇为邮车加水的时候，他已经感到不适。离县城还有五十公里的时候，他的半身完全麻痹。车子渐渐失控，冰冷的汗珠在他涨红的脸上滚滚涌出。吓慌了的押运员欲哭无泪，一筹莫展。但是高原到底重新恢复了控制，让车子歪歪扭扭地用步行的速度走完了他人生的最后五十公里，一直开进阿曲县局的院子。跟着车子刹车的惯性，他的身子重重地一冲，就那样扑倒在方向盘上。

一个中风偏瘫的人，在发病的时候，依靠半边活动的身体，驾车行驶几十公里，并且准确安全地到达目的地。这样的事，至少当地从未见过。医生怀了感动，也怀了好奇，希望能解开这个谜，俯下身子，把耳朵靠近患者翕动的嘴，只听见一连串含混的嘟囔："红狐……红狐……"

他在叙述他行车时的幻觉。这在他留下的《青藏手记》里可以得到证实。

当地的报纸曾经在头版用整版篇幅报道了这件事。报道的撰稿者就是那位宣传干部。他说，其实更值得发表的应该是这部《青藏手记》，他希望能得到我的帮助。

这同时也是死者生前的愿望。他是怀着深刻的忏悔心情走完他离开阿曲后的人生里程的。他一直觉得他留在西宁是一种背弃，一种逃亡。为此他后来坚决选择了开邮车，这可以使他常常有机会跑阿曲的长途。他在他的《手记》里写道：

"我希望我写的这些，有一天能得到发表。我希望人们知道这里的事情。我没有虚构，也没有渲染和夸张。事实上这样做毫无必要。对于青藏高原，任何苦难都不值一提，任何语言都苍白无力。这里有太多难以相信的真实。我的不足之处也许是不该尽可能地说出这里的真实。但我还是希望人们尽可能地了解这里的真实：真实的自然，真实的人，真实的生活和真实的心灵——然后，还有可能的话——理解我们和我们的生活，并且最终理解自己和自己的生活。"

海参崴红帆

一

如果只看机场、车站和宾馆，你会难以相信你已经到了外国，人头汹汹的都是中国人。在国外，中国人的恶习又显得特别突出：一窝蜂，扎堆，争先恐后，高声大气，乱吐痰，当众挖鼻子剔牙，随手乱丢包装盒塑料瓶，戴着名牌表圈着金项链却衣冠不整，行头再富贵也脱不了土气。在国内没觉得怎么刺眼，在这里跟人家一比，就怎么看怎么显着猥琐，矮人一截，还脸色灰黄。不知道五千年文明怎么积淀出这么个结果。看看人家，老头儿衣着再旧也庄重得像学者，老太婆再臃肿也不会忘记化妆，男人们一个个强壮粗犷，气势逼人，女人们一个个隆胸纤腰，臀部和大腿饱满有力，走起路来扬着轮廓分明的脸，从容不迫，浓密的金发火样的在肩上一跳一跳，从骨子里往外透着高贵，而年轻人则永远像是山坡上春风吹动的桦树林。

“我操！我操！”

天地房地产开发公司的华老板障碍物似的站在路中间，不时转动着身子，在来来往往的人流里，嘴巴半张着，发直的眼睛都看绿了。大家走出老远了，他才喘着气追上来：

“我操！早听说这里的妹子漂亮，没想到这么漂亮！莫斯科，巴黎，都不能比！”

“华老板，你好不好文明一点？”

向海洋回过头，很严厉地盯了华老板一眼。

“是是。”

华老板往下错了一下多肉的头，眼睛却又让一个迎面过来的气昂昂的俄国女孩牵了过去。

市政府让向海洋带了这个由几家企业老总组成的经贸代表团到东北协议投资合作，事情办得很顺利。对方随后派了接待处长陪同到海参崴来休息几天。这是他们接待国内重要客人的例行节目。处长姓韩，比向海洋还小二岁，人很活络痛快，胖乎乎的，不说话也总在笑着，头回见面就说：

“别哪啥‘韩处’了，怪寒碜人的。管我叫小韩吧，出来就都是哥们。东北人没别的，就是傻巴拉几，好客。有啥事你们只管吩咐，别把我当外人就行了。”

但大家还是喊他“韩处”。

见向海洋几乎是在训斥华老板，韩处很不过意，就拿介绍当地风土人情来打圆场，说十月革命把很多白俄贵族赶到远东来了，海参崴又是军港，贵族和军人的血统结合，那后裔还能不优秀。

“难怪！”

一行人都附和。

向海洋跟他们保持着距离，一个人面朝大海站在路的边沿上。

因为当地旅游公司的日程是从明天开始，他们今天到达后的这小半天时间就由国内旅游公司带团的导游小姐里娜领着自由活动。这一带是这个几乎成了中国人天下的旅游城市最热闹的一处景点。漫长的滨海路傍着城区的一边是熙熙攘攘的货摊、咖啡店、游乐场，临海的一边整个敞着，过了人行道就是一个往下的斜坡。斜坡很缓，一直到海边。离海岸不远的水上，有一圈巨大的喷泉和一个直立在水面的全裸女人体铜雕。沿着海岸搭了长长的一道铁结构的架子，上面铺着粗笨的木条，供游人休憩。架子上的人虽然说不上密集，但空着的地方别人似乎也不太好插进去。向海洋正对着的那段架子上，一个男人面朝海坐着，一个女人仰面躺在他旁边，搁在他大腿上的头部看不见，能看见的是她裹着睡衣的身体。睡衣薄而柔软，随便掩着。忽然一阵风从下面掀开了睡衣，里面居然再没有装束。男人和女人似乎都没有太在意，不紧不慢地相帮着把被掀开的衣襟重新撩起，仍旧那样随便掩着。倒是向海洋“腾”的一阵心跳，那个倏尔裸露出来的身体他简直太熟悉了。

“我操，绝了！那不就是朱慧吗？”

身后忽然响起华老板的声音，原来他也早盯上了。

“你胡说什么！什么朱慧！”

“就是那个女人，那个躺着的女人。”

“我什么女人也没有看见。”

向海洋昂然走开。

跟朱慧的关系最初是华老板拉上的。那时候向海洋在省城附近的一个农场挂了一个场长的职下派锻炼，大刀阔斧地干得有声有色，办了许多以前办农场的人根本不敢想象的事，农场和他本人都在全国有了名气。华老板领着朱慧来的时候，他的市长助理的任职已经确定了。那次，他的兴致很高。华老板一帮是下午到的，请他们吃晚饭的时候，已经打了两个通关了，他还不肯放下酒杯。起先，他好像不怎么注意朱慧的存在，只一个劲同华老板回忆他们不久前一起参加的那个考察团在美国闹的笑话。等大家的情绪都放松了，他才跟朱慧开起玩笑来。见朱慧一直喝的是矿泉水，他说：

“我从来是尊重女士的，尤其是你这样的女士。你光喝水不喝酒，是不是因为我是农民，你看不上呀？”

朱慧一下慌了：

“没有，没有，我是真不喝酒的。”

她的手指指杯子，却把杯子碰倒了。

向海洋让旁边的服务员去换了个杯子：

“来，加点酒。”

朱慧脸涨得通红，战战兢兢地站起来，端酒杯的手不停地抖。

向海洋笑说：

“看来我真是为难你了。这样吧，你多少抿一口，剩下的我替你喝了。”

不知所措的朱慧却一仰脸把一杯酒全咽了下去。脸立刻煞白，一手扼住喉咙，紧紧闭上的眼睛里涌出莹莹的泪水。

“呀，我真该死。”

向海洋收敛了笑容。

“对不起。”

朱慧却有了歉意。

这让向海洋感动。华老板在电话里告诉他要给他带个也是老板的美女来的时候，他没有怎样在意。就华老板那样的，即便是同行，又能是什么了不得的货色？要么就涂脂抹粉俗不可耐，要么就喳喳呼呼充能逞强。女老板跟女干部一样讨厌。女人天生是为男人而存在的。女人一旦迷上了当官和赚钱，这个女人也就算毁了。

但朱慧却让向海洋一见倾心。她不像女老板也不像女干部，倒像个刚出道的女模特。最迷人的是，除了东方女性难免的羞涩，她的漂亮和性感完全是欧化的，就像是这满大街俄国女孩的中国版。

照他的安排，那天晚饭后是一场舞会，这场舞会就是他当夜跟朱慧上床的前奏，舞会之后才是一顿真正的盛宴。还在饭桌上他就在想象着朱慧在床上的可能的情态。不存在朱慧拒绝的问题。从来都只有他挑选女人而没有女人拒绝他的事。他对自己的魅力很自信：高大、强壮而匀称，宽大的花格衬衫和瘦长的牛仔裤，能背唐宋诗词又熟悉流行歌曲，年纪轻轻就官运亨通，正是热门小说和电视剧塑造出来的那种令所有自我感觉良好的女记者和女明星神魂颠倒的当代精英。

向海洋那天表现得很充分：先是很绅士地请朱慧跳了一圈华尔兹，然后就是用极有磁性的男中音一支接一支地唱歌。他唱的都是苏联歌曲。喜欢这类歌曲，或者极力表现对这类歌曲的喜欢，是他这一代官员的阶层特征之一。由此表现出来的理想主义和英雄主义的崇高感是一种必要的政治符号。但对华老板这种东西却屁事不顶。

盯着那对俄国男女的华老板还在眼巴巴地等着，等着下一阵风。

二

代表团从省里出发前，向海洋反复跟大家交代过，到了人家那里一定要注意影响，该忍的忍着点。以前你们自己出去办事怎么干是你们自己的事。这回是个团体，代表着市里，起码别搞得我脸上过不去。他暗示的是什么，大家心里都清楚。一致表态说：向市长只管放心，我们原本都是圣人。一行人到了地方，还真的老老实实，连桑拿也没去洗一个。

但接待单位显然并不信任，吃饭的时候，一直说着东北二人转里的荤话的韩处像是不经意地来了一句：

“咱这宾馆里可是啥都有的，不过所有的楼道也都是有监控的。各位可防着点。”

那意思很明白：别招小姐上房。其实就是没把他们这帮当正人君子。

向海洋本来就一直很严肃，听了这话，搁下筷子就站起来走了。今天上午到了海参崴，在机场等当地旅游公司接站的车的时候，空港的电视里正断断续续地放着一些当地的艳舞片断，几个人看得出神，说：

“真他妈的！”

站在向海洋身边的里娜用揶揄的口气说：

“海参崴是男人的天堂。”

看看向海洋，又说：

“不过我想你们不至于犯这样低级的错误吧。”

里娜高中毕业到俄国学语言，把名字也换成了俄式的。毕业后回到国内干旅游导游，很干练也很热情。干这行的什么人没见过？历练得刀枪不入，只要能让服务对象满意，听什么说什么好像全无忌讳。但中国女孩就是中国女孩，再怎样跟外国人学，再怎样开放，骨子里还是十足的中国。

向海洋皱皱眉头，没有搭腔。里娜是接待单位指名要来的，他们显然很熟。她跟他们一样，对他们这群南方人始终保持着道德上的审视。这种被审视的感觉让人很不舒服。

这股情绪带到宾馆，总算找到发泄的地方。

在宾馆大堂等着分配房间的时候，向海洋看见宾馆赌场巨大的玻璃门上粘着一张小纸条，上面用歪歪扭扭的中国字写着：“不玩的人不要进门”。显然这只是针对见热闹就凑、凑了又只是光看不练的中国人的。上楼梯的时候，又在一个拐角的玻璃门上看到一张类似的纸条：“不按摩不招小姐的人不要进门”。进了房间，一眼就看见写字台上那张折叠成人字形立着的硬纸片，横趴在画面上的是一个显然处在高潮中的目光迷乱的光屁股俄国女人，乳房和腹部下面是几个谁都认识的英文字母：白天和夜晚，也就是“全天服务”。后面是一行电话号码。

向海洋对着那个女人发了一阵呆，忽然抓过电话：

“喂，小韩吗？我是向海洋！”

口气很生硬。这个团里，只有他把“韩处”叫“小韩”。

韩处显然在忙着，起先没太在意，咿咿啊啊地听了一阵才紧张起来，连说“是是是，好好好”。

向海洋是让韩处通知里娜去跟宾馆方面交涉，要严正声明：中国人是怀着友好感情到这里来观光的，不是来赌博和嫖娼的。那些小纸条伤害了中国人民的感情，起码是伤害了他个人作为一个严肃的中国人的感情！请他们尽快撕掉。

韩处和里娜后来一块到向海洋的房间，向他报告交涉的结果：对方没多说什么，马上就照办了。倒是他们觉得向海洋不必把事情看得太严重。人家俄国人倒没咋的，宾馆的赌场和桑拿是个中国小子承包的，那些纸条是他捣弄的。那小子根本就没啥文化，写的中国字跟外国人写的一样，让你误会了。

向海洋切齿道：

“不像话！”

两个人说：

“向市长别见怪，这儿就是这样。”

忽然对向海洋有了怯生，有了畏惧。

向海洋睥睨着两个自作聪明自以为老练的小样儿，心想：

“这就对了。”

只是对华老板，向海洋有些后悔：不该让他参团，准确说是不该让他知道组团的事。一旦他知道了，只要他想进就不可能进不来。但这样的事想对他保密也是不可能的。市政府有多少事是他不知道的？向海洋私下跟他约定过：出来之后，一定要明确一个政府官员和一个民营企业家的界限，保持相应的距离。只要有第三个人在场，不要叫他“海哥”，不要附在他耳边说话，不要说只有他们两个人知道的事，尤其不要拉着他离开大家行动。

“记着，这是游戏规则！”

向海洋强调。

“放心，我会记得的。”

说归说，到时候还是管不住自己。

晚上的安排是看俄罗斯艳舞。事先韩处很小心地征求了向海洋的意见：不是说要了解世界吗，多一个侧面应该没啥问题，向市长你说呢？再说三个价位我们选了中间一个。价钱最低的光是脱衣服，没啥档次；价钱最高的直接就是性交表演，也太过分了。中间的这个还多少有点艺术性。

向海洋沉吟了一会，说：

“问问大家的意见。”

韩处很拘谨地笑道：

“大家还不是听你的。”

“听我的？那就取消这个安排。”

“那可不成。”

韩处急了：

“临来前，我们领导有交代的，一定要让大伙满意。都是老板，看看能咋的呀，不也是个市场信息吗。”

向海洋说：

“既然你们领导有交代，你就照你们领导的意思办。我不便多嘴。”

到了晚上，向海洋说有些累了，想休息。众人说，你不去，我们还有什么劲？你去，是为了盯住我们。不然，谁监督我们？我们要犯了错误，你向市长不一样有责任？几乎是推搡着把向海洋拥走。

眼睛在暧昧的红光里好久才适应过来。表演厅不大，像是个半圆的梯形教室，台子在最下边。华老板一直挤在向海洋身边，一推开表演厅的门他就抓住向海洋的手，慌慌张张地往最下边也就是最前面的座位跑：

“海哥，跟着我，到时我好帮你付小费。”

回回都是这样，猴急得连爹妈姓什么都忘了，更不会记得狗屁的什么游戏规则。虽然号称玩过的女人已经突破四位数，但华老板是个永远喂不饱的色中饿鬼。这种艳舞他看多了，知道表演中间那些光屁股的女人会从台上下来讨小费。

向海洋在昏暗中恶狠狠地挣脱华老板的手。好在所有人都在心急火燎地勇往直前，没有人注意到他的愤怒。华老板更没有在意。现在，光屁股女人就是他的一切。他倒是说过，他视朋友如同生命。但见了女人，他就连命也不要了。

只有韩处一直关照着向海洋。见向海洋生气，他不敢说什么，向海洋在一个角落气咻咻地坐下，他就乖孩子似的不声不响陪着。

说是“艺术性”，也就是多少有点情节：两个女囚犯互慰，女狱卒进监鞭打，两犯奋起，夺过鞭子将女狱卒跟自己一样扒光了鞭打；几个女孩在一张大床上打牌，输了的脱衣服作为惩罚，直到个个都输得精光……之类，反正是让脱衣服脱得有点故事。几个故事是循环重复的，一轮过去换一场观众。每个故事的幕间，那些刚下场的演员会就那样光着走到观众席里来，在任意选中的一个人面前扭动，等着你给钱。一回两回过去，谁是肯掏钱的主很快就暴露出来，那些赤条条的女人也就会频频光顾。

坐在第一排、鼻子几乎碰着台沿的华老板面前是那些女人去得最勤的地方。华老板每次都故意让面前的女人扭老长时间，眼睛像狼舌头一样在人家身上死命地舔上舔下。给钱的时候又非要塞到人家的裆间，然后顺势在那儿抹一把。表演厅本来就不大，华老板又几乎坐在台上的聚光灯下，他的一举一动都让全场的人看得一清二楚。有个极漂亮的女孩面对他的粗鲁犹豫了一下，白嫩得像羊脂似的脸忽然一红，屁股往后让了让，还是迎上来顺从了他。

“下作！”

向海洋的牙齿咬得“格崩”响，心里真的有些隐隐作痛。那隐痛的根源一时半会还说不清楚。像是为那女孩，又像是为华老板，更像是为自己。同样是个人，同样有人的一切欲望，只因为处境的不同，有人得接受作践，有人可以肆意妄为，有人必须恪守规则。

最突出的感觉是对华老板的憎恶。在华老板把他那只肮脏的手插进那个女孩的裆间的时候，向海洋觉得自己比任何时候都憎恶这个无耻的猪样的东西：初中毕业连高中也没有考上，在社会上混了两年被家里找关系硬送去当了汽车兵，复员回来，跟一伙商贩跑长途。仗着家里的背景，运违禁的货他敢玩命冲卡子。因此出了名，也由此认识了现在的太太。太太不是美女，却给他带来了财运。他做房地产，就是靠太太当银行行长的舅舅贷的款。他做生意跟他开车走私一样胆大妄为。几年下来，做到几千万的身家。只可惜他那点野性有限，不到四十岁就差不多成了一堆纵欲的灰烬，浑身上下已经看不到一点轮廓，像是一团和稀了的面，随时会淌开来。他在办公室里挂了自己的一个金边框子的半身裸像，在一颗像是浸泡得稀松浮肿的头颅下面，巨大的肌肉块像山岳似的连绵起伏，肌肤表面汹涌奔流的血管暴跳怒张，强壮的臂膀上文了一个毛泽东头像。这是一张电脑合成的照片：头是他的，身子是那个喜欢咬人的泰森的。这其实是一个很悲惨的愿望。不管他想了多少办法花了多少钱，他那玩意早已除了拉尿就什么也干不了了。有一次在桑拿房，看着他那里除了一团乱毛就什么也没有，像个女人的下体，相对于自己的修长和壮硕，向海洋觉得他又可怜又恶心。就是这样的一种人，如今却成了时代的骄子，到处吆五喝六，神气活现。

“别看你是个堂堂市长助理，我是老百姓一个，你活得不如我。”

华老板有一次居然说：

“我靠的是钱。钱没有大小，有钱在哪里都是爷老子。只要付得出，想要什么就能得到什么。权不一样，权有大小。你管人，还有人管你。所以你就要讲规则，苦熬自己。”

向海洋没有看完整场就先回了房间。

韩处随后跟了进来，揣摩着向海洋的心思，说：

“那玩意也的确没啥劲，不就是脱衣服吗，跟澡堂子一样。”

向海洋一边解着领带一边说：

“小韩你够辛苦了，回去休息吧。我也洗个澡就睡觉。”

小韩走了，向海洋仰面倒在床上，揿开电视，正在放电影《本能》，刚刚要死要活地享受了高潮还让道格拉斯骑着的莎朗斯通把手伸到床下，去摸那把冰锥子。

“扎死他！”

向海洋在心里喊。他明明知道这不是《本能》的结局。他还知道，华老板他们今夜是再也不会老实待着的。

三

正值当地的旅游高峰，宾馆的房子很紧。韩处找了关系才给向海洋要到这间朝海的房子。

撩开窗帘，原来天早就亮了。绥芬河口海湾一片碧蓝，跃动着星星点点的彩色的三角帆。就在宾馆下面不远的海岸边上的帆船运动训练中心的运动员显然早就开始了训练。阳光亮得透明，对面大俄罗斯岛上茂密的树林连明暗都能分辨出来。海参崴的纬度高，又是白夜季节，天亮得早。光亮忽然潮水似的涌进先前漆黑一团的房子，向海洋不由一阵发晕。

向海洋昨夜睡得不好，醒来的时候，头有些痛。不知道为什么，他一睁眼就想到“规则”这两个字，然后这两个字就赶也赶不走。

以市长助理的职务行使责任这应该是最后一次了。来前省委已经找他谈过话，让他去一个新设的地级市当副市长，选举手续明春开人大补办。这跟原来内定的安排出入很大。按照那个内定，明春他应该是现在所在的这个省会市的副市长。现在的安排虽然也算提拔，虽然也有加强一个新设市的领导力量以便尽快打开工作局面之类冠冕堂皇的说辞，但一个地级市的副市长跟一个省会市的副市长怎么比？这跟他自己的设计相距太远了。人生易老，在向权力高峰的跋涉中一个人能经得起走几次弯路？他对自己的设计并不是盲目的：第一他有充分的年龄优势；第二他有足够的处事能力；第三也不缺乏得力的关系。

却发生了意外的变化。

起先以为是因为朱慧。只有朱慧让向海洋失过态。

在农场的那天晚上向海洋并没有得手，一个跟着华老板来蹭饭的莫名其妙的王八蛋居然插了一杠子，整场舞会都搂着朱慧不放手，而朱慧也一副情意绵绵的样子，像一对老情人。无论他怎样极力地表现自己的优雅，都没有能够把朱慧的注意力转移到自己身上来。这使他暗中有些恼怒，但他很好地控制住了自己的情绪。舞会结束前，他甚至声情并茂、热情高涨地朗诵了苏联小说《钢铁是怎样炼成的》中的那段关于生命的名言。一直到因为朱慧坚持回家不得不送走他们的时候，都保持着轻松自如。倒是华老板有些不安，临走前鬼头鬼脑说：“对不起，我也没想到。”他没有搭理，但也没有变脸。

让朱慧上床是在他到市政府上班之后。他分管城建，这个城市的每一个重要地段和场所发布户外广告的媒体，都必须得到他的批准。朱慧要想把业务做大，就不能不经过他。他把市中心最好的广告媒体批给了朱慧，又说服这些媒体所归属的单位把租金降到最低价位，又为朱慧介绍了有实力的企业客户。让朱慧原本毫无名气的广告公司差不多成了一个奇迹。

向海洋把第一批媒体批给朱慧，又让她谈成了第一批大客户时，朱慧说要请他的饭局。这是行规：饭局只是个由头，为的是向中介人支付酬金。

向海洋说：

“不必，你到宾馆来，我这里正好有个单位的饭局，就算国家代你请我。”

朱慧欣然去了。她走进指定的房间，见到的是赤身露体的向海洋。他严肃地对她说：

“把门关上，把衣服脱掉。”

向海洋不随便吃私企的请，也不接受任何个人和单位支付的所谓“酬金”。这是他从来严守的又一个游戏规则。他在这方面是有口碑的。尽管有人认作沽名钓誉，有野心，他也决不动摇。人在生活中都会有自己的原则。在他看来，金钱只有在你渴望的东西用别的方式得不到的时候才是有意义的。金钱只是交换的一种形式，并不是内容本身。许多人就是因为始终认识不到这一点，才本末倒置，把自己的生活弄得一塌糊涂不可收拾的。

“你直接付我就行了。”

怀了一种恶作剧的嘲讽看着朱慧惊恐但顺从地露出了自己，向海洋有一种报复的快意。他后来知道，那天在农场的晚上插了他一杠子的王八蛋不过是省里一个破落的什么事业单位的小文人。朱慧会被这样的人勾引，简直可恶！

政府官员最看不起的就是这种小文人。向海洋在大学读书的时候，因为写诗，跟另一个写小说的小子成了全年级风头最劲的人。惹得许多傻妞跟在后头乱追。但最终占了花魁的是那个写小说的小子，毕业前那小子的一篇小说在公开的刊物发表了出来，名噪一时，让他忌妒得要命。毕业后那小子如愿以偿地进了省里的作家协会，他则成了“小公务员”。时过境迁，当那小子为了拿个副高职称来求他帮忙的时候，他从那张苍白的脸上闪闪烁烁的眼神中捕捉到的，正是自己当年的忌妒。如今的这类文人，最不值钱因而最感失落，最寒酸因而最多牢骚，最垂涎权力因而老在咒骂权力。他们就像臭虫，最让人讨厌又最不让人安生。这种东西根本没有做他情敌的资格。

至于朱慧那个靠老婆赚钱吃喝嫖赌的丈夫，则纯粹是一个可以无视的无赖。事实上向海洋看上任何一个女人也就只是这个女人本身，其他的从来一概不关心。

女人很容易让向海洋厌倦。最后的得到常常就是放弃的开始，在爱情游戏中，男人和女人常常出现双向逆反的错位，男人以为是终点的地方女人却以为是起点。他起先并没有想到自己会对朱慧这么用心。一个多如牛毛的“广告公司”的女“老板”，无非是想凭一张还算招人的脸蛋捞世界罢了。这样的女人见得太多了，她们跟妓女的不同只是性对象的数量与付费之间的反差而已。

最初的那段日子，向海洋只是把朱慧当作自己的性仆人。他常常开着车带她去谈业务，然后就在外面过夜。大白天正上着班，或正开着会，他会突然给她一个电话，让她去指定的宾馆或是他的家，不管她当时在干什么，必须立刻停下来，并且用最快捷的方式赶到。她也从来不敢怠慢。在这一点上，她跟其他女人没有什么不一样。

然而，事情好像还是有些不同：向海洋原以为跟朱慧的性关系照例不会持续太久，他从来是以可以像换衬衫一样换女人自傲的。但随着时间的推移，他越来越觉得自己无法像抛弃其他女人一样抛弃朱慧。相反，他对朱慧的占有欲越来越强烈。

朱慧牢牢地抓住了向海洋的心。他从华老板那里知道，那次从他的农场回去，朱慧在招之即来的应付他的同时，倒跟那个小文人认了真。华老板对他的进贡竟然成全了那么一个王八蛋。在一个仪表堂堂、春风得意的政府官员和一个落拓寒酸、暗淡无光的无名小卒之间，她竟然选择了后者！她让那个小文人得到了她的全部，却只给了他一半，甚至连一半也不是。这简直滑天下之大稽！

朱慧一度在向海洋的视线中失踪了三天。那三天，朱慧跟那个小文人去了一个风景区幽会。向海洋每天开着车在华老板和朱慧的公司之间乱窜，不停顿地拨着手机。煎熬得一刻不能安宁，就像下了地狱，只差没有报警。三天后，朱慧关闭的手机突然通了，他把车子停在她回家必经的路口，她从出租车上一下来，就被他截住。

那是一个疯狂的夜晚。向海洋让朱慧明白：她今后只能属于他一个人。除此之外，她必须结束同任何男人的性关系，包括她的丈夫。她必须马上跟丈夫离婚，然后独居。否则他就毁了她的一切。他同时让她发誓，逼着她当场把披肩发铰到耳根以上，证明自己永远信守誓言。

接下来，向海洋做了一件更加没有理智的事：为了不让事情不明不白地拖下去，他给朱慧的丈夫写了一封匿名信，让这个被背叛的男人有自知之明，同意老婆的离婚要求，并且在收到信的当天就必须同老婆分居，随信附了一张朱慧的裸体照。那张照片是他有一次跟朱慧刚完事后拍的。在那张照片上，朱慧整个表情恬不知耻又近于天真。这是朱慧绝少有的表情——任何女人都不会没有风骚的一面。

这张照片差一点毁了向海洋的大好前程。走投无路的朱慧只有向丈夫讲出向海洋，她说她恨这个人，又不能没有这个人。她求丈夫保护她的名誉。丈夫的回答是：我要让认得你们的人个个都晓得你们是一对狗男女！

朱慧的丈夫后来到处告状。向海洋给弄得有些紧张。那时候他已经渐渐冷静下来，后悔自己的失态。为朱慧这样的女人他值得这样吗？他其实根本就谈不上爱她，只是觉得凡是到他手上的东西不容别人分享罢了。

幸好朱慧丈夫并没有更多能跟向海洋联系起来的证据。有关部门询问朱慧的时候，她坚决否认了与向海洋有任何不正当的关系，根本就不承认跟丈夫说过的那些关于向海洋的话。至于那封匿名信和那张照片，她说那是她的隐私。

朱慧的不俗就在这里。她让向海洋的失态避免了恶果。

这使向海洋发现自己对失去朱慧多少还是有些惋惜，这也许是他在海参崴也老是会想起朱慧的另一个原因。

外面，小韩在轻轻地叩门，请向海洋用早餐。

四

上车之前，里娜在跟一大堆俄罗斯女孩嘻嘻哈哈，又是拥抱又是贴脸，那是她在当地语言学校的同学。总算完了，才对车门下的一个女孩说：

“我们走吧。”

那女孩一直安安静静地站在一边，友善地眨着灰蓝色的眼睛。上了车，里娜向大家介绍：

“这位是当地旅游公司的导游，叫叶莲娜。各位在海参崴的两天日程就由她为大家服务，没我什么事了。不过有了她，你们也看不见我了。”

“大家好！”

跟里娜并排站在前面的叶莲娜向大家点了点头。

车上真的忽然一片沉默，像是被什么镇住了。

“我的天！”

向海洋听见同座的华老板牙疼似的哼了一声，他乜斜了一眼。自己的心却也止不住很厉害地响起来。他其实从看到叶莲娜的第一眼起就再没有把眼睛从她身上移开。

这个俄国女孩仿佛就是专门用自己可望而不可即的完美来惩罚世界上的登徒子的。

“各位早上好……”

叶莲娜一口外国人通常的那种腔调的中国普通话。

“现在都九点多了，怎么还‘早上’？”

华老板的不老实绝对是按捺不住的。

其他几个也跟着“是呀，是呀”的呼应。显然是都希望引起对方的注意。

“我们这儿机关和商店要到十点才上班。”

“所以十点以前就是‘早上’？”

“也可以这样说吧。”

叶莲娜笑笑，露出一口整齐发亮的牙齿，接上刚刚被打断的话头：

“欢迎各位来到美丽的符拉迪沃斯托克。”

“没有你美！”

华老板又插嘴说。

“谢谢。”

叶莲娜在一车人的哄笑声中愉快而平静：

“符拉迪沃斯托克是俄罗斯远东最大的城市。原属清政府管辖，根据1860年的《北京条约》，划归俄罗斯……”

“那条约可让我们吃大亏了。”

一直沉默着的向海洋突然说。一开口就显出了与众不同的分量。

叶莲娜一愣，停下来，很注意地看了向海洋一眼，说：

“这的确是一个敏感的话题。”

车子里的气氛忽然有了几分凝重。继续介绍海参崴的时候，叶莲娜已不像刚才那样轻松自然。她的眼睛尽量不看向海洋，却又总是不由自主地撞上他的视线。而向海洋则用一种凛然的神气直直地看定她，似乎要迫使她无可回避。

华老板马上就发觉了其中的微妙。他用膝盖碰碰向海洋，又在前面椅背的遮挡下对他摇了摇伸出的大拇指，低声道：

“我们都白忙了。”

向海洋皱了皱眉：

“请你放尊重些。”

“符拉迪沃斯托克”是由两个俄语单词组成的，合起来是征服、统治或控制东方，这是俄国人的叫法。向海洋此刻的心里涌动着严正的民族尊严感，哪里是华老板想象的那么低劣。他心里常常会有这类崇高情感的涌动，他也常常被自己的崇高感感动。

叶莲娜做完了例行的介绍，就转身在前面的座位坐下去了，给大家留下了一头金发。车子里出现了短暂的安静。

半岛上的海参崴是个山城，道路不宽，起伏不定，弯道多。当地人喜欢买日本和韩国的二手车，报废也好像没有什么严格的规定，小车不倒只管推。连旅游公司的车也不怎么样，轰轰乱响，摇晃得厉害。城市建设明显多年没什么动静，最好的有标志性意义的建筑似乎还是十八世纪由意大利人建的那个火车站。整个城市看上去顶多是中国内地七十年代的水平。街上偶尔兴冲冲走过的小伙子，因为腋下夹着在中国早已被光盘取代的几盒影视片录像带而满脸得色。到处几乎看不到用手机的当地人，宾馆的楼层服务台的电话甚至是摇把的。而在国内，站在街上用手机聊大天差不多是一种有中国特色的风景。即便是叶莲娜这样从事时髦职业的女孩，那身牛仔套装也明显是从中国过来的冒牌货。所有这些，使到此一游的中国人很是自负。

然而，尽管如此，你却无法无视他们的精神品格。所有制已经有了根本的改变，个人承包的商店和餐馆的员工直至小贩依然是一副不卑不亢的派头，谁也没有把谁当上帝的意思，更不用说嬉皮笑脸的生拉硬拽。面包房常有人排队，当地人却并不因此就一拥而上都去开面包房。从世界各地进货的商业街生意再兴隆，一到下班时间全都铁将军把门。在街头画画的、拉提琴的专心得像参加考试，并不在乎别人给不给钱。工作一完就去溜达、钓鱼、游泳、晒太阳、拥抱接吻，将生活艺术化。这是一个生命旋律非凡的民族。人们不惊不乍，我行我素，持重而自信，对兼有小市民庸俗和暴发户轻狂的外国人不屑一顾。

叶莲娜无疑是一个优秀的标本。她尽心尽责，一丝不苟，对所有人都彬彬有礼，但却始终跟大家保持着距离。处了一天，大家觉得跟她熟络了，用餐的时候，自然邀请她入座。但无论怎样热情诚恳，她都很礼貌也很坚决地谢绝，自己掏钱要了份快餐，在一个远远的角落里静静地吃完，然后就静静地等在外面的车门下面。

向海洋从里娜那里知道，俄罗斯当下工作不好找，叶莲娜在当地做这一行收入并不高，还不到里娜在旅游旺季时收入的五分之一。她的父母亲都是退休的中学教师。她有一个哥哥和一个姐姐。哥哥原来是当地的警察，后来死于车臣战争。姐姐大学没有念完，嫁了一个中国人，就是在他们落住的宾馆承包了赌场和桑拿的那个人。

里娜说这些的时候，口气里对叶莲娜充满了同情。但向海洋觉得，叶莲娜并不需要这种同情。“她活得很自尊，”他想，“跟她那个产生了托尔斯泰、普希金和柴可夫斯基的民族一样。”

五

当天的晚餐安排在海鲜市场的大排档，这是日程上规定的项目之一。他们去得早，占着了临海的座位。海鲜是小韩和里娜临时去采购的，虽然只是水焯大虾、小鱿鱼、瞎爬子一类，却是最有海参崴特点的。因为知道俄罗斯一般的市场不卖烈性酒，单位让小韩特地带了好几瓶国产的高度白酒来。一伙人都摩拳擦掌，要大干一场。

叶莲娜像午饭一样，谢绝了大家的好意。看看大家都坐妥当，她的下班时间也到了，便摆摆手告辞。

向海洋突然感到了失落，怅怅地看着叶莲娜窈窕的背影，好久没有回过神来。满桌子人在大呼小叫，他一点不为所动。抓着酒瓶的小韩在他身边连叫了几声“向市长”，他才忽然惊醒。

“向市长一向不喝酒的，韩处你又不是不知道。”

华老板挡驾。

从到达东北开始，向海洋每逢酒宴，的确只是礼节性碰碰酒杯。除了华老板，所有人都以为他是不会喝酒的。不分场合地胡吹海喝，多半不是贪官就是庸官。酒席上是最容易看出一个人的水准的，这种场合把握好形象，也是最重要的游戏规则之一。

谁也没有想到，这一次，向海洋却说：

“谁说我不喝酒？来，满上！”

“好！”

满桌一声齐喊。

邻近桌上的俄国人被惊动，注意力都被吸引过来。

向海洋端着那只倒满了酒的杯子，慢慢站起来，等大家安静下来都看着他的时候，才喝水似的把那杯足有三两的酒一口气喝完。然后把杯子在桌上轻轻一蹾，说：

“满上。”

一桌人静了一会，又是一阵喧哗。

一整杯酒又像刚才一样无声无息地消失，向海洋还是说：

“满上。”

向海洋突然现出庐山真面目，众人有些傻眼，不由迟疑。

“倒酒哇。”

向海洋催道：

“怎么啦，酒不够？”

“酒有的是，”

小韩说：

“只是我们对向市长没有思想准备。”

“今天这里没有市长，只有男人女人。来吧，满上。”

向海洋一点没有酒意。

那张桌上的俄国人实在忍不住了，也兴奋起来，一个络腮胡子挤过来，抓住向海洋的手用力直抖，结结巴巴地说着夹生的中国话：

“我，”他指指自己的胸口，“是这个，”又做了个转方向盘的动作，“我去过……哈、尔、滨，中国人民……改革开放……繁荣昌盛……喝酒……海量！好！”

向海洋对小韩说：

“给他来一杯。”

络腮胡子毫不谦让，接过杯子就跟向海洋一碰。刚扪了一口，就呛得大咳起来。向海洋看着他的狼狈样子，微微一笑，把自己手上的那杯酒又不动声色地一饮而尽。

所有看着的人都用力鼓起掌来。络腮胡子端着那杯剩酒回了自己的桌子，那边立刻就传来一连串惊叫。

向海洋站着连喝了三杯，稳稳当当地坐下来，继续说：

“这些时我一直没有陪大家好好喝过酒，刚才三杯算是罚的。现在我一个个敬各位，只不过有一个条件，我满上，你们也满上。”

“你饶了我们吧，”

华老板叫起来：

“我敢说这一桌子没有你的对手。”

“那是真的。”

小韩附和：

“我们要像你，不也成市长了吗。”

“是——吗。”

向海洋拉长声音：

“看来我今天是想醉也醉不了了。”

这是真话。向海洋清楚地听见了自己心里的叹息。每次只要有漂亮女人在场，他的酒量就特别大。具有侵略性的睾丸激素的分泌常常在这种场合达到高峰，使他变得自夸而好斗。但是今天，他喝给谁看？当然不是这帮蠢货。那么他为什么喝？

为惆怅。

忽然起了大风。很远的地方，刚才还蓝幽幽的海空涌出了大块大块的乌云，黑压压地凶险地向城市逼过来。海浪也汹涌起来，一阵比一阵猛烈地扑打海岸。离岸不远的海水中间，那个女人体雕塑在海岸灯光的映照下显得格外突出，喧嚣的海流使她像是在舞动。

邻桌上的那个络腮胡子现在在搂着身边的一个女孩亲吻，吻得如火如荼。他一只手紧箍着女孩的脖子，一只手在女孩的衣服下面狂热地游走。那女孩绷紧的身子不久就明显瘫软，两只围在络腮胡子肩上的手就像断了的树枝，并且毫无顾忌地大声喘息和呻吟起来。

随着几声有力的闷雷和骇人的闪电，暴风雨骤然来临。大排档的铁皮屋顶被砸得“咣咣”作响，海岸广场一片迷蒙。雨看上去没有间隙，好像是谁把大海端起来又兜头泼下。风夹着雨从四面八方扑进大排档，人们乱起来，惊惶地叫喊着寻找避风的角落。一直旁若无人的络腮胡子和那个女孩却在这时候站起来，踉踉跄跄地相拥着冲进暴风雨，向对面的停车场跑去。在爱和性面前，真是天崩地裂何所惧。

向海洋记起拿过诺贝尔物理学奖的俄罗斯电子学家阿尔费罗夫那句很著名的话：“我们是一个乐观者的国家，因为悲观的人都跑光了。”

这未必就是自嘲。看看他们烈火样的活法，就该承认他们的生命力有多么旺盛了。

叶莲娜这时候在做什么呢？向海洋想，在海参崴的日程只有明天一天了。明天，决不能放过任何一个能跟她接触的机会。

六

向海洋在家的时候，每天早晨去市体育馆至少游泳一个小时。出差也从来带着游泳的全套行头，一有下水的机会决不放过。这样的持之以恒在很大程度上使得他尽管不得不常常陷在膏腴美食当中，依然很好地保持着身材和各项机能。看着跟他同龄甚至更年轻的同行因为不加节制已经被高血糖、脂肪肝以及大把脱发弄得苦恼不堪，他很骄傲。不过，这骄傲也使他付出了代价。

在向海洋的使用上发生变化的原因，没想到竟是由于他的一次小小的失言。

那次失言就因为游泳。

省里分管干部的头也是坚持每天游泳的。有一次来市里开会，晚上几个人陪着散步，自然谈起保健。有人问他一次游多远，他说："一千米吧。"显然对自己的状况颇满意。因为知道向海洋也有游泳的习惯，那个人又很周到的问了一声向海洋。向海洋当时不知在想什么，听到询问，还没有反应过来就脱口说："一千五。"话音一落他就后悔了：这是在跟谁比高低呢！在他的游戏规则里，不是明明白白地有一条"永远比领导慢一步"的吗？

当时那个头好像并没有在意，只是轻描淡写地笑了笑：

“你年轻呀。”

而“年青”和“健康”恰恰是如今的头头脑脑中最敏感最要命的话题。

他从小就张狂，也知道这是从政的大忌，可还是修炼得不到家啊！这样的修炼有时候真是让向海洋觉得压抑。明明知道许多严谨实属无聊，你也绝对忽视不得。即便如此，还是难于避免“智者千虑，必有一失”这道符咒。

不过，向海洋也从这压抑里找到了他要一个一个换女人的理由：不是他喜欢这样，而是环境逼得他这样。他在女人身上释放了压抑感，女人跟权力一样是心理的奖赏。

现在，置身在这个肉体的天堂，果真如愿以偿地单独跟叶莲娜待在一块，向海洋浑身洋溢的就是这种充分满足的受到奖赏的感觉。

海滨浴场是他们在海参崴全部旅游项目的最后一站。阳光刺眼，海水蓝得发黑，洁白的浪花一排接一排地奔向海滩。灰白色的海滩上满是晒得发红的胸、背、腿和花花绿绿的泳衣斑点。同行的其他人都下海了，只有向海洋和叶莲娜留在海滩上。

“你为什么不游？”

叶莲娜问。

“你呢？”

向海洋咬咬嘴唇，反问。他注意到叶莲娜说的是“你”而不是“您”。

“我要给大家看衣服。”

“我陪你。”

“谢谢。”

叶莲娜垂下眼睛。

“可以看着我吗？”

向海洋请求说：

“你真美。”

“谢谢。”

“你只会说‘谢谢’吗？”

“难道不应该感谢吗？”

叶莲娜抬起头，看着海的远处。

今天用过早餐，宾馆的大堂里聚了许多人。圈子中间，一个中国男人在龇牙咧嘴地骂一个俄国女人，中文夹着俄文，骂得很恶毒很下流。大堂里的俄国雇员虽然都待在自己的岗上，但眼睛里满是仇视。中国人则一个个都很开心的样子，仿佛是同胞在向一百多年前抢走了海参崴的老毛子报仇。那个被辱骂的俄国女人苍白而消瘦，化过妆的脸上被泪水弄得一塌糊涂。她的身体不停地抽搐，嘴唇却紧紧地咬着。

“他原来是沈阳黑道上的，跑到这边好几年了。”

里娜轻轻跟向海洋说。

这就是承包宾馆赌场和桑拿的那个人，那个俄国女人是叶莲娜姐姐。

一边的叶莲娜眼睛里噙满泪水。

“真不像话！”

向海洋脸色铁青。

那小子越骂越来劲了，居然一伸手揪住俄国女人的头发往下拽。向海洋忽然走过去，一把抓住那小子的手腕，低声说：

“住手！别在这儿丢中国人的脸。”

“我操你妈，从哪个裤裆里钻出了这么个鸡巴！”

那小子松开老婆的头发，被抓着的手往回一抽，想要摆脱向海洋。却像是被手铐扣牢了，怎么也挣不掉。

“给我放老实点，不然我废了它。”

向海洋一用力，那小子怪叫了一声。

“滚！”

“别忘了，这里是俄罗斯。你他妈有种等着！”

那小子一边后退一边嘴硬。

向海洋穿过人群，径自往停车场走去。他知道身后的人们在怎样看他。

整个上午，叶莲娜一直亲近地跟着向海洋。中间几个人去商店采购的时候，叶莲娜把闲着的向海洋带到街边的一个纪念碑前。

海参崴可以说是一座雕像的城市，而且几乎都是英雄的雕像。这些英雄包括了沙俄的将军和当代的烈士。俄国人的英雄理念是尊重历史，以民族为重，英雄是一种精神资源，并不是意识形态的附庸。这跟中国也是两回事，向海洋想，但不管怎样，这一次他不会让叶莲娜难堪。她毕竟只是一个导游小姐，不是杜马议员。况且，很明显的，他已经得到她的好感，再没有必要作什么姿态。

叶莲娜带向海洋来看的纪念碑是不久前为在车臣战争中牺牲的警察建立的。上面有她哥哥阿辽沙的名字。

“你很像阿辽沙。”

叶莲娜说。

“车臣战争还需要从你们这儿去人吗？”

向海洋移开话题。他想让叶莲娜觉得他不喜欢恭维。

“车臣战争是整个国家的事情。阿辽沙不是被迫的，接到命令的时候他已经做好了准备。”

“俄罗斯和俄罗斯人民很伟大。”

向海洋庄严地说。

“你也很伟大。”

叶莲娜用长长的睫毛遮住了深海样的眼睛。

现在这双眼睛又在咫尺之间，你可以一清二楚地感觉到它的脉息的波动。向海洋说：

“你还是去游泳吧，我来替你看衣服。”

叶莲娜用力摇摇头：

“那不好。没有理由让你这样做。”

“我就是理由，我想看你游泳。”

“是吗，你怎么会有这么奇怪的念头？”

“我是认真的。”

“当然。”

叶莲娜摇摇头：

“是的。”

一长排海浪直冲到他们脚跟前。

“那么你答应了？”

向海洋直眉瞪眼地看着叶莲娜。

“下班以后行吗？我说的是晚上，你可以吗？”

叶莲娜说。

这是连向海洋自己也没有想到的：

“可以，当然可以。”

“那好极了。我们可以一块游。”

叶莲娜快活地笑起来，深海似的眼睛波光闪闪。她无邪地看着向海洋，充满了信赖。

向海洋避开叶莲娜的注视。他忽然觉得自己无法面对叶莲娜的眼睛。纯净的阳光从大海上空忽然出现的云霓中间射出来，照出了他的肮脏。

昨天晚上在海鲜市场的大排档并没有闹得太晚，小韩带的酒有限，虽然没有人能继续向海洋的喝酒游戏，但一伙人转几个来回很快也就把酒喝光了。华老板他们也无心在酒桌上耽搁时间，看看暴风雨渐渐消停，就嘀咕着散伙。

湿漉漉的街上，不时有妖艳的女孩迎面走过，很浪荡地向男人抛着飞眼。向海洋对这类眼风毫不回避，他独自走在最前面，不必担心他身后的同行人的注意。也许是因为酒精的作用，他心里有一种越来越强烈的饥渴。

回到宾馆，大堂里给一伙俄国人弄得一片嘈杂。一个身子几乎占住了整张三人沙发的老家伙仰面摊着，一张脸被口红弄得像是比萨饼。四个半裸的女孩分别坐在两边的沙发扶手和他分开的大腿上，被他多毛的手臂紧紧搂定。五张脸就像老树根上长出嫩芽似的挤在一起，好几台照相机的闪光灯谄媚地对着他们“劈劈啪啪”乱响。大堂里弥漫着的酒、脂粉、香水和狐骚的难闻气息，让人气闷。向海洋冷冷地穿过人丛，却在电梯口那儿又撞上两个显然是应招上房的妓女。

今晚遭遇的一切，像是经过精心策划似的，故意不断地来刺激人的那部分低下的官能。向海洋脸上依旧是一贯的冰冷，身体却难以抑止地灼热起来。

在房间里发了一阵呆，向海洋忽然转身重又回到楼下。

宾馆这一带很幽静。向海洋在路边的树林里等了好长时间，终于看到两个当地女孩。她们不像妓女通常的那样左顾右盼，这就难以判断她们的身份。看看前后都不再有人，他心一横，走出树林，不远不近地跟上她们。他想，只要她们的目的地是娱乐场所，他就在进门之前截住她们。

然后就听天由命！

不嫖娼是向海洋性生活的一道底线，他有的是足够的性伴侣。嫖娼是纯粹的金钱交易，而娼妓之外的性伴侣是权力的一个指数。以为金钱万能的华老板永远不会懂得这种心理的享受，因而他和他的那一类永远是粗俗的一群。但现在是在外国，他是完全自由的，纵是粗俗又何妨。让所有的狗屁规则和底线见鬼去吧！他活得还不够累吗？

那两个女孩却折进了一条下坡的没有路灯的小路。那条路白天司机为了抄近道走过，坡下面是一个灰暗陈旧的居民区，和一个巨大的垃圾场。再过去就是礁石嶙峋、满是铁锈和油污的海滩。

接近午夜，又是雨后，海风有一种彻骨的清凉。因为酒喝得急，多少有些醉意的向海洋让这样的风一吹，完全清醒了。

“该死！”

向海洋骂道。他站在刚刚下坡的阴影里，没有再往前走。

连他自己也搞不清楚，他是在骂自己还是在骂那两个女孩。

现在，在这个阳光明亮得穿透一切的海滩上，在这个天使一样的女孩面前，向海洋明确地感到，他骂的只应该是自己。尽管他知道，他所处的时代，并不是一个产生善者的时代，而是一个产生智者的时代。某件事做与不做，并不取决于是与非的考量，而是取决于利与害的权衡。一个人是否成功，并不取决于他的道德水准，而是取决于他的智商。在这种价值观里面，所谓正派和正义感是一钱不值的。但这并不等于说，他有一天不会发现自己是肮脏的。他应该说很成功，但也很肮脏。就是这么回事。

“去过国外吗？”

向海洋本来想问的是“去过中国吗”。

“没有，我连这座城市也没有离开过。”

叶莲娜说：

“我想，那一定很有意思。”

“那你为什么不去？”

“那需要钱。”

“如果去中国，你会很容易找到工作。”

“我相信。可是，如果家里有列巴，干吗到外面去找马铃薯？”

叶莲娜耸耸肩。

“你知道吗，在我们国家，你这样的人会被人瞧不起。”

向海洋忍不住笑起来。

“瞧、不、起？”

叶莲娜一个字一个字地重复，很困惑地眨着眼睛：

“为什么？”

“叶莲娜你真可爱。”

向海洋极力克制住自己差一点抬起来的两只手。

忽然响起照相机快门的“喀嚓”声。不知什么时候从海里摸上来的华老板正端着相机对他们一通乱照。

“你们得谢谢我，”

华老板下流地笑着：

“我这里录下了中俄鱼水情。”

七

晚饭大家开心的主题自然是向海洋的“跨国恋”。一致认为，他们这趟公差的最大成果就是这个“跨国恋”。他们的任务本来是经贸合作，没想到取得了外交成果，加深了中俄人民的友谊。

“深？有多深？”

华老板问。

众人马上明白了意思，起哄道：

“这要问向市长本人。”

毕竟作为一个团体在一起待了这些日子，就是再生疏也有几分亲近了。向海洋虽然看上去过于严肃，但对大家还是很够意思的，挺宽容，并不像他的脸那样古板。加上回去后他就要离开现职去外地上任，没有直接的工作关系了，大家也就有了更多的随意：

“向市长想好了没有？想好了明天就带走，别犹豫。你要犹豫我们可就不客气了。”

“放心，不会让你们抢跑的。”

向海洋表现出少有的兴奋和平和。昨晚的喝酒，虽然也是想跟大家打成一片，但骨子里还是有一点政府官员的盛气凌人。

桌上的多数人都觉得，这也就是开开玩笑而已。只有华老板知道，向海洋未必是在开玩笑。饭后在院子里散步的时候，他挨到向海洋身边，问：

“要不要我给你打马虎眼？”

“干吗？”

向海洋又恢复了惯常的严肃。

“海哥，我还不懂你？你今天夜里会放过，我跟你爬回中国去。”

“什么‘放过’，放过什么？”

“你说呢？”

华老板一脸坏笑。

向海洋看着那张松弛浮肿的脸，真想像踩烂柿子一样踩瘪它。这个以为花钱进了所谓CEO俱乐部就进了上流社会的王八蛋对他始终缺乏必要的尊重。之所以这样放肆，无非是对他知道得太多太深了。胖子要么就很傻，要么就很精明。华老板就属于后一种。尽管到现在还并没有怎样坏他的事，但始终是一种压力。一定不能让这种压力存在太久。

“你这样让我觉得很没意思。”

“海哥你别生气，我是为你高兴。”

华老板倒确实是真心真意的。

“我再说一遍，你我之间还是多一点尊重的好。”

向海洋一甩手，留下张口结舌的华老板，回了宾馆。

他们在海参崴就剩这最后一个夜晚了。尽管知道那帮小子都顾不上管别人的闲事，向海洋还是把电视开得走廊里能隐隐听见，让别人知道他始终待在房间里。又等着小韩来交代明天出发的事。本来他想给小韩打个电话，想想不妥当，这样的举动是异常的，会显出他有事。他在床上躺下来，尽力使自己平静。

向海洋好长时间没有体会过约会前的这种难耐了。最早是在大学，跟他老婆的初恋。也许因为年青性急，那个做作的女学生每次都让他等得几乎绝望。后来她忍受不了他身边有许多女人，离开了他。他成了钻石王老五。再没有女人让他这样焦灼地等待过。她们中间多数就像喜欢撒娇的巴儿狗，老是想着往他怀里钻。也许朱慧是一个例外。但他对朱慧的迷恋更多的是因为她的身体，她并没有让他心动到现在这样的程度。

小韩终于来过电话，走廊里再没有任何动静了，向海洋才从床上一跃而起，迅速穿上风衣——这风衣是一件证物，他曾经用它裹过许多因为倾心而柔情蜜意的女人。他没有带上泳衣。他相信，今天晚上他和叶莲娜之间什么事都有可能发生，唯独不会游泳。

在路上，向海洋忽然想起了朱慧。她丈夫对她的毁灭，远不止于名誉。

朱慧开广告公司的同时，她原来干摄影的丈夫下海开了一家影楼，一度很火，却很快又被他的赌博和玩女人掏空了。为了弄钱，他许诺高息从原单位集资。因为是单位的老人，大家觉得会有起码的信誉，集资很踊跃。却没有想到，上百万元的集资款转眼就打了水漂。大家得到确切消息之后，他已经连影楼都变卖了。他自然坐了牢，事情发生在朱慧提出离婚之后。他在供词中一口咬定，那笔集资款有相当一部分当时就给了朱慧，朱慧主要是因为发现他经营不善想要独吞那笔款子才要离婚的。朱慧于是被传唤并随即拘留。

拘留的目的是想让朱慧的广告公司替她丈夫还债，明显是没有道理的。向海洋只要打个电话就能解脱她，但是他没有打。朱慧跟那个小文人的勾搭让他恨意难消。直到他来东北前，她还待在省城附近的某一个看守所里。现在，他想，明天一回到国内，他就打这个电话。为什么不呢，一个人在幸福的时候总是不乏善良的。

约好的见面地点是帆船运动训练中心的入海栈桥，那地方虽然白天在房间的窗口就能看见，但真要去却似乎不是太方便。从山坡上的马路下去，得走下一个五、六层楼高的铁架子直角旋梯。因为黑，也可能还因为心急，脚底下老不踏实，轻重不一的脚步声在黑暗中听起来惊心动魄。向海洋摸摸索索地一层一层往下沉，觉得自己仿佛掉进了一个旋涡，永远没有指望落到实地了。好事多磨！他苦笑着安慰自己。

脚下忽然一滑，谢天谢地，那是海滩上的卵石。

黑暗中的一切渐渐显露出来。跟帆船运动训练中心相邻的是货场和修船的船坞，晚上一片空旷寂静。不远的栈桥那儿亮着萤火似的灯光，隐隐传来音乐声，一个男中音在舒缓地唱一支抒情的歌曲。向海洋愉快起来，甚至有了哲学的心情。他很清楚地想起罗素关于爱情的一段话：爱情是这样一种体验，它使我们整个身心得到复苏新生，像植物久旱得雨一样。而纯粹的性爱在瞬间的肉体快感过去以后，随之而来的是疲惫、厌恶、生命是空虚的这类意识。爱情是大地生命的一部分，没有爱情的性爱却不属于此。

当然，罗素的这一观点尚未完整，向海洋想，必须补充的是，没有性爱的爱情也不属于大地生命的一部分。

想到“性爱”，向海洋在黑暗中无声地笑了，为此时的自己像一个面临初夜的少年似的觉得可笑。对一个成熟男人来说，“性爱”和“爱情”真的有什么本质的差别吗？比起他经历过的那些女人来，叶莲娜不过就是多了异国情调罢了。谁说她是可望而不可即的呢？萍水相逢，两情相悦而已。除此之外，还真能指望留下多少刻骨铭心的记忆？

栈桥上原来有扇铁栅栏。听见人声，一直响着的音乐声嘎然而止，栅栏后侧的一间小木屋里——灯光和音乐声原来都是从这里发出的——走出一个老头：

“向？”

老头问。叶莲娜显然交代过的。

“叶莲娜。”

向海洋回答。

老头打开栅栏上的小门，很友好地摆摆头，做了一个“请”的姿势。

栈桥像一个指向莫测的神秘路标，在它指示的前面，大海在淡淡的月光下明明暗暗地泛着黑色金属般的光泽。

没有最想见到的人影。

身后的小木屋里，歌声接着刚才的中断重新响起来。显然是那老头用老式的收录机放的盒带。向海洋现在听出来，那是他熟悉的索洛维约夫·谢多依的《海港之夜》。这个人作的歌在中国流传最广的是《莫斯科郊外的晚上》，但使他赢得全民声誉的却是这首写于“二战”时期的歌曲，当时德军已经逼近列宁格勒城下。

“港湾静悄悄，
沉沉入梦乡，
薄雾迷漫在海面上，
……”

叶莲娜想跟我玩什么游戏呢？向海洋迟迟疑疑地向前走去，她不会让我跟她一起来缅怀苏联人的英雄岁月吧？

栈桥的两边停泊着整排的帆船，在海水的摇晃下“吱吱嘎嘎”作响，仿佛在争先恐后地诉说。向海洋猛然醒悟：叶莲娜一定在哪条船上等他。换了他，不也一定会这样吗——静静地隐藏在某一条船的暗影中，然后轻轻地一声呼唤，给对方一个惊喜，然后是不要命的拥吻，然后把船荡开，荡到远远的海上，然后是一个浪漫的迷醉的夜晚……

海风鼓舞。向海洋两只手抓着风衣立起的领子，任海风把敞开的风衣在身后高高掀起。

那声令人眩晕的呼唤终于如期响起。左近的海上，一叶三角帆向栈桥飘然而来。呼唤就是从那里传来的：

“向！”

声音里充满了喜悦。

是叶莲娜。

但叶莲娜不是独自一人。帆的另一面还站着一个人。

一个男人。

两个人都穿着泳衣。他们显然刚从海水里爬上来。

“这是沃诺申，我的教练和未婚夫。”

叶莲娜站在船头上，船正在靠上栈桥。向海洋记起来，里娜介绍时说过，叶莲娜还是帆船运动爱好者。

“你好！”

那个被叶莲娜叫作“沃诺申”的剽悍男人向向海洋摆摆手：

“欢迎。”

“请上船吧。”

叶莲娜抓住栈桥的边缘。

小木屋的那盒磁带快放到头了：

“别了，亲爱的海港，

明天要远航。

航行在那夜雾中……”

1941年8月的一个傍晚，索洛维约夫·谢多依在港口帮助装卸木材，从锚地泊着的布雷舰上传来手风琴声和歌声。作曲家后来回忆道：“久久听着水兵们的歌唱，我想，也许他们明天就要踏上危险的路途，要是我把今天这个意想不到的宁静美好的夜晚写成歌曲该是多么好。并且这首歌曲应当是抒情的真挚的……不知怎的，我心里自然而然涌出了一句歌词：‘啊，别了，亲爱的海港’……”

“天色刚发亮，
在那船尾上，
只见蓝头巾在飘扬……”

俄罗斯的抒情歌曲总是带着俄罗斯人固有的忧郁。

“我是来告别的。”

向海洋突然说：

“有些事要安排。”

“是——吗？”

叶莲娜的声音拉得很长：

“那太遗憾了。”

已经靠上了栈桥的叶莲娜一时不知所措，不安地扭着身子，挪动着脚。

向海洋从上往下看着这个几乎光着的俄国女孩，用力咬了咬嘴唇。这个月光下的湿淋淋的美人鱼不属于他。

“好了，就此告别吧。”

向海洋坚决地后退了一步。没有必要等叶莲娜爬上栈桥。

“只能这样吗？”

叶莲娜几乎是有些沮丧：

“那么，是的，只能这样。”

“是的，只能这样。”

向海洋跟着重复了一遍。

叶莲娜仰起脸，长长地叹了口气：

“公司派了另一位姑娘明天送你们去机场。我和沃诺申在海上给你们送行。请记住我们的帆是红色的。”

“欢迎、再来！”

沃诺申生硬的中国话应该是跟叶莲娜学的。

八

因为怕误事，小韩和里娜一早就分别给各个房间打了电话。紧接着华老板又打了个电话来：

“海哥，恭喜你！”

“恭喜什么？”

“你说呢？”

“我说什么？”

“你不说也行。那就不做声。”

“……”

“俄国妞来劲吗？”

“……”

“海哥，我是真眼红你。”

听得出，华老板是真眼红。

小韩和里娜来帮着提行李的时候，向海洋正背着房间站在窗前。

“对了，叶莲娜昨天说，她会在海上送我们。”

两个人忽然记起来，凑到向海洋身边。

依旧是透明的阳光，依旧是蔚蓝的海，依旧是星星点点的三角帆。

“看，红帆在那儿！”

里娜眼尖。

“她还真在送我们。”

小韩很感动。

过失杀人

一

丝光袜子进了生活区之后脚下忽然不再用力，让车子慢了下来，眼睛不再放过两边和迎面见到的任何一个活物。他巴不得每一个见到他的人都跟他打招呼，问他慌里慌张窜死样的从哪里来？问他鬼头鬼脑的是不是捡了钱包？问他自行车篮子里那个用报纸包得像本书样的是什么鸟东西，莫非你丝光袜子还会看书？

可惜没有人问。生活区的路灯早就瞎得只剩一、二盏了，而且昏黄的光比萤火虫亮不了几多。黑乎乎的地方，谁也看不清谁。有灯的地方，一堆赤膊短裤围着甩扑克，连鬼也不会注意他。丝光袜子有些遗憾：

“一帮死卵！”

丝光袜子弄到了一盘毛片。在厂里，只有几个头看过这种带子。管生产的副厂长有一次跟厂长从外地开订货会回来，见人就说开了眼界，又总不忘记叮嘱一句：

“到你这里就为止了。你要传出去，我就说你造谣。”

搞得很神秘。

看毛片是犯法的事。看了毛片不犯法的是有身份的人。没有什么身份而又能够看上毛片的就肯定是比一般人在社会上能混、吃得开的人。

丝光袜子现在就是这样一个人。他希望大家搞搞明白，再不要不把他放在眼里。虽然不能大肆声张他弄到了毛片，但他确实是一个弄到了毛片的人。这使他立刻就成了一个不一般的人，成了一个许多人一旦晓得就会眼红、就会跟在他屁股后面吃屁的人。他弄到了毛片，这是一个秘密。秘密就是身份。秘密越多的人身份就越高。比方在厂里，秘密最多的人就是厂长，其次就是副厂长，再下来是车间主任、班组长，到他这里那就都是狗屁。但要是你也有了一些秘密，你也就可以高人一等。哪怕是暗中的也罢。

片子的名字说是《色情间谍》，没有一个中国字。这种片子也用不着认字，主要的动作都是世界通行的样式，意思是晓得的。只是雌雄洋人身体和器官的体积、生猛、耐久和花样翻新，让个个看得目瞪口呆，心惊肉跳。带子放了不到一刻钟，丝光袜子就弄湿了裤裆，没多久那东西又支起来了。

因为怕响动漏出去，放带子的时候把声音调到了最低。那声音丝光袜子不用听。他从小是在叫床声中长大的。先是只有一间房，跟哥哥一起听娘老子的。后来有了嫂子，就是他一个人听娘老子和哥嫂的。先前的一间房隔成了两半，娘老子和哥嫂各占了一半。他在娘老子那一半的房顶下面悬了一张床。睡觉的时候搭个梯子爬上去，到了上面只能横着身子往里滚，头抬得稍不注意就撞房顶。他就在那个制高点上看娘老子和哥嫂的热闹：老子是酒鬼，娘总像是在受虐待；哥哥是包装工，却带着近视眼镜，像是真的知识分子。嫂子很贱，一快活就忍不住叫喊。这样的叫床声此起彼伏，丝光袜子就在这声浪上飘浮。但那热闹沉没在暗中，即使偶尔亮着灯，也在被窝下面。现在，他才算真正一清二楚地看到这种热闹的真相。

丝光袜子觉得特别刺激的是带子上的女人的大奶子，让他领教了什么叫作“巨无霸”。他也就是从这回开始，永远迷上了大奶子的女人。

屏幕上的女人在男人刚完事的时候忽然拔出了枪。枪并没有搂火，他们的身子下面却“咔吧”一声巨响，几个人一齐陷落下去。

带子是在丝光袜子和娘老子住的里间放的。这里除了放下一张床，剩下的空当就只能放下一张桌子。娘老子、哥嫂、丝光袜子自己，还有丝光袜子的三个血伙，拢共八个人，都只能挤在床上。那张床的架子早就是用铁丝捆了才好不容易站住的，哪有如此大的载重量。他们看得太用心，床在垮塌前发出的哀鸣一点没有听到。

最心疼的是丝光袜子的娘。那张床是她结婚至今剩下的唯一一件稍完整些的大件家具。她在这张床上养出了两个儿子。他们一家五口——连后来嫁进来的大儿媳妇——都在袜厂。袜厂眼见得一天天临近倒闭，一家五口在厂里做了这么多年，居然连一张老床也换不了。几个人手忙脚乱地从外面弄了一堆砖头把床重新垫起，又接着往下看。丝光袜子的娘本来就看得反胃，现在就更是找到了反对的理由：

“你们还要看啊，非要我去派出所？”

“你敢！”

丝光袜子的老子哼了一声。

嘀咕立即灭灯似的停了。

但警察还是找上了门。这是几天之后的事情。那天晚上丝光袜子的一个血伙带走了那盘毛片，又聚了一帮人继续过瘾，响动闹大了。有人给派出所打了电话，几个警察把他们堵了个正着。那个血伙很熊，进派出所还没有蹲下就供出了丝光袜子。丝光袜子起先不承认，警察揭起他娘老子的床，指着床板下面新垫的砖头，问：

“这是怎么回事？”

警察没收了丝光袜子家里的电视机和录像机。那台12英寸的黑白电视机是老大结婚时买的，不买嫂子就不结婚，好像她嫁的是电视机；那台录像机是借来的，还来不及还回去。除了这些，就是罚现金二千六百元——“二”和“六”是“六六大顺”的意思。如果有硬一点的关系，也可以减掉八百或者一千。“一八”和“一六”听起来都舒服。丝光袜子没有这样的硬关系，就只好“六六大顺”。

另外，丝光袜子必须像他那个血伙供出他一样供出他上面那个把毛片借给他的人。不供就替那个人交二千六百元罚金。

“说吧。”

一个警察把笔钉在翻开的本子上，眼睛不看丝光袜子，只等着回答。

“……”

“你什么意思，哑巴了？”

警察很不耐烦。

“……”

“你不会是不想供吧？”

警察有些吃惊起来。

“……”

丝光袜子是真的不想供。

“开口哇，活老子！”

娘老子、哥嫂差不多要跪下来。

“我不伤人，只活自己的命。”

丝光袜子总算开了口。

“你不伤人就活不了！”

“……”

丝光袜子很绝。

那个有着一对巨无霸大奶子、干事时像头母兽一样疯狂的色情间谍害得他们几乎倾家荡产。唯一的一笔存款是丝光袜子的。一家人在一口锅里吃饭。娘老子让丝光袜子从每个月九十块钱的工资里拿出七十块交伙食费，要不就另外开伙。丝光袜子很气，却没有办法——另外开伙七十块钱能吃几天？但那笔钱娘老子并没有动用过，紧掐着留给丝光袜子讨老婆。他们一家人顿顿饭只有一个菜：口味极重的辣椒豆豉加任意一种蔬菜，油少盐多，用洗脸盆盛着，一次煮一盆，一盆吃几天。吃得人呕清水，脸发绿。丝光袜子上交的那笔伙食费存了快两年，现在全部用来赔了那台录像机。至于罚款，只有按月扣他们一家人的工资，扣清为止。

二

这种门票一块钱一张的舞厅，差不多就是猪圈。脚灯本来就少，加上残缺不全，更是暗无天日。烟雾、灰尘、人影像浓稠的泥浆，被极大的音响搅动着在一个封闭的桶子里翻滚，让人透不过气。

要不是迁就丝光袜子，冬冬是从不进这一档舞厅的。他们一帮凑在一块，除了喝酒，看录像，打牌，就是上舞厅。丝光袜子绝对是拖不起的，却硬跟着一块混。因为从来没有他买单的时候，喝酒他总是找借口避开。跳舞他则总是主动要求上这种舞厅，说是这种舞厅人放得开，不像那些假模假式的地方，搞得人缩手缩脚。大家晓得他的心思，也不说破。要喝酒了，不管他找什么借口，只是一把把他扯住；上舞厅，有他在也就随他的意思，免得他面子上过不去。朋友一场，不容易。

几个人围住一张点着一个蜡烛头的小桌子坐着。冬冬和另外两个朋友都带着女伴，只有丝光袜子挂单。只要有女士在，丝光袜子就显得特别活跃，特别舍己。他一下从身上摸出两包香烟，拍到那个蜡烛头的边上。那点微光照不清人脸，但能让人看出那两包烟都是“大中华”。一包没有开封，一包已经开封的刚好剩了二三支。丝光袜子把开了封的这包分完后随手把空烟盒捏成一团，很严肃地往身后的黑暗中一抛，摇摇头，沉重地叹口气：

“日子难过！这样的烟一天两包还打不住。”

几个女士“嘎嘎”笑起来：

“一天两包‘大中华’还叫‘日子难过’？那我们都不要活了。”

“一天没有两包‘大中华’还叫过日子？”

丝光袜子吐了口烟，庄重地说。

冬冬隔着一片呛人的烟雾看着桌子对面影影绰绰中的丝光袜子，心里很为他苦涩。这一桌子除了丝光袜子本人，只有他知道：那两包“大中华”是假的。丝光袜子就是这样的人，你拿他一点办法也没有：走在路上遇见人，人家问他去哪里，他即便是去公共厕所，也一定回答是去看芭蕾舞。并且为此宁肯憋着，错过最近的那个可以让他马上卸货的地方。

冬冬喜欢收藏烟盒。丝光袜子常到他这里拿走那些名牌香烟的烟盒，往里装几毛钱一包的烟，然后就在这种稀里糊涂的场合拿出来摆阔。

不过，如果说冬冬曾经因为丝光袜子打肿脸充胖子觉得好笑，那么，现在他为这没有说出口的嘲笑后悔。

让丝光袜子倒血霉的那盘毛片是从冬冬手上借的。冬冬高中毕业顶替提前退休的老子在省作协当勤杂工，是他们一帮里唯一在“大机关”做事的人。要不他哪来的毛片？这一帮人都以他为荣。但是现在，他一下欠了丝光袜子很多。他要把应该由自己出的那二千六百元罚款给丝光袜子，丝光袜子宁死不受，很痛苦地问：“你把我当什么了？”这一来，那笔债也就一辈子也还不清了。

他们一帮也都因此看重了丝光袜子。比起他宁肯倾家荡产也不连累朋友的骨气，自己那点义气算个屁。打牌的时候，丝光袜子输了，大家就让他用袜子顶钱——袜厂发不出足额工资，就发袜子补差，让各人去卖。一双袜子顶一块九，贱卖了算自己亏的。在牌桌上，丝光袜子的一双袜子算两块。大家说，整数好算，为那毛把钱不值得劳神。

黑暗中露出一张鬼样的脸，问要不要摇头丸？丝光袜子像影视明星一样喷了口烟，反问他你看这里哪个像是吸毒的？那个人阴阴地瞟了他一眼，像来的时候一样又鬼头鬼脑地不见了。然后来了一个女孩，大大的奶子被什么从下面兜着，光看肩膀好像没穿衣服，问要不要舞伴。丝光袜子这回眼睛有点发直。

冬冬说：

“你留下吧。”

丝光袜子好像一下醒过来，说：

“留她做什么。”

丝光袜子今天有正事。

为了帮他尽早还清罚款，冬冬给丝光袜子找了一份零工。那家店的老板早几年跟冬冬一起帮人开长途车从南边打货，现在自己开了店。冬冬跟他说了丝光袜子的事，他正好要找一个靠得住的人值夜守店，很爽快就把这脚事给了丝光袜子。给的工钱也是最高的，差不多是袜厂工资的一倍。

丝光袜子很尽心。他每天要到关了店门才能上床，一早开门的时间却是固定的。门要是关得晚，他往往只能睡二三个钟头。但不管店开到多晚，他从来不烦，横直早了也睡不着。

就是昨天，一早来开门的人不晓得怎样睡过了头，丝光袜子醒了却不敢离店。好不容易等到那个人赶来，他匆匆交了班，蹬上那辆破车，像有疯狗追在后面一样赶去在城外的袜厂。一路上又是爆胎，又是掉链子，冲进厂门，把车子随地一丢就往车间跑。车间主任在门口拦住了他：

“莫跑，跑也没有用。打卡的时间过了。”

按规定，迟到一次就扣全月奖金。虽然只有三十块，但占丝光袜子全月工资三分之一。

丝光袜子猛然站定，抬头看一眼门头上挂着的石英钟，离规定的时间过了不到两分钟。

“你不是故意找茬吧？”

丝光袜子很迷惑地看着车间主任。

“怎么是故意找茬？按厂里规定，超过半分钟都不行！”

车间主任说话轻言细语的。

“不可以通融一回？”

丝光袜子留了一句话没有说出来：迟到不迟到，进了车间，大家不都是甩扑克么。

“通融？你又吃肉又喝汤，赚外快赚得忘记上班，迟到了就让厂里通融，想得倒好。我通融，大家通融吗？我通融你，大家还以为我得了你什么好处。”

车间主任也是烟鬼，有一次偶尔看见丝光袜子摸出的烟是“大中华”，忍不住开口讨过。丝光袜子不但事后没有送，当面也没有给。他的“大中华”是天晓得的“大中华”。他不想在车间主任那里丢丑。车间主任却记了仇。

丝光袜子看看车间主任那张胖胖的脸，不再说什么，转身走开。车间主任在他身后“啐”了一口。没想到丝光袜子又走回来了，手上拿了一把大扳手，照着他胖胖的脸就是一下。

车间主任捂着脸蹲下去，吐出的血水里带着好几颗牙齿。

当天厂里的公告栏就贴出了开除丝光袜子的告示。

丝光袜子对冬冬他们说：

“我今天是来跟你们告别的。我不伤人，只活自己的命。他们不让我活命，我只好拼命。不就是一条命么。”

冬冬说：

“千万莫瞎搞，跟这种人拼命不划算。我们跟你去找朋友，没有搞不定的事。”

众人齐声应道：

“是的。”

丝光袜子把那包没有开封的“大中华”开了封，给各人分了一支，剩下的丢给了冬冬——这一包竟是真的，站起来，消失在猪圈样的舞厅的那一片昏天黑地中间。

三

厂里的几个头都各自在市中心的地段买了房。厂里的多数人都不知道确实的地点。但如果存心要找，自然也不是什么难事。丝光袜子那天是出奇的顺利。上了那个单元楼，在两扇面对面的门中间稍微犹豫了一下，心想，凭手气吧，就敲了其中一扇。开门的果然就是副厂长老婆。见他手里提着一只很像样的袋子，不冷不热地放他进了门。

这位副厂长是主管生产的，因为厂长出差，临时负全责。他儿子这些时在准备高考，他也就相应地减少了应酬，晚上尽量留在家里跟老婆一起服侍儿子。这是丝光袜子事先已经打听清楚了的。见到已经被他批准开除的丝光袜子，他细长的身子一抖：

“你来做什么？”

“送礼。”

“没有用的，公告都贴出去了，不可能收回。”

“不一定吧。厂里有多少事都是说了不算的。有用没有用还不是你们一句话。”

“你莫跟我来这一套。我不吃这一套的。”

“我晓得你廉洁。我还晓得你跟厂长还有车间主任从外国买回来的那套设备是人家报废的设备改装的，你们从账上划出去的是新设备的钱。还有，你们猜想我安装那台设备的时候，肯定看到了那几个不现眼的地方新罩的漆掉了，现出了底下的锈铁。你们就不想我留在厂里。你们这样想是不错的，晓得这些事的人自然是越少越好。”

“你胡扯！”

副厂长脸上的青筋暴跳起来。

“我不伤人，只活自己的命。”

丝光袜子闷头说。

“那也没有必要送礼。”

副厂长口气缓下来。

“我怕你不肯高抬贵手。”

丝光袜子说着，坚持把他提来的那个袋子打开，缓缓拿出一个瓶子，缓缓把瓶盖揭掉，缓缓悬起，缓缓倾斜。

有液体从瓶口流出来，落到实木地板上，发出一阵“吱吱”的响声，又有一阵淡淡的轻烟和怪怪的煳味在屋子里袅袅浮起。然后，地板上出现一团烧焦的黑迹。

倒完了，丝光袜子把空瓶留下，说：

“这个留给你当罪证，你只管去告我。我这个袋子里还有一瓶，只要我不死，它就是留给你的。”

一边说着，一边缓缓把袋子收拢，从先前竟自坐下的沙发上站起来。

“你疯了!”

副厂长喝住惊叫起来的老婆，对丝光袜子说：

“坐下来坐下来，何必把事情做绝。”

“我要说的都说了。我不想坐，我坐累了。你有话你就说，我站着是一样听的。”

“你应该晓得的，国有国法，厂有厂规，我那样做也是万不得已。管事就是得罪人，我哪想管这些鸟事。厂长在外国考察还没有回来。出那个公告，他没有签字。等他回来，也可能会另作处理。你看怎样？”

“要得，我等。”

厂长回来之后，把副厂长临时负责时作的那个决定改了。新决定由厂办主任太子奶来跟丝光袜子宣布。这个人选得很对头。要不是她，丝光袜子根本就不会到厂办来。

厂里来过一个台商，一出机场就在路边见到一个大得要命的“太子奶”的广告牌。老先生是旧社会去台湾的，认字习惯从右到左，当时他失口惊叹：

“大陆真开放，连奶几（子）大也做广告。”

陪同接待的厂办主任事后有一回在酒桌上把这件事当荤段子讲出来。没想到一桌人起先都不作声，一齐看定了她的胸脯，等她发觉了不对头，脸一下涨得通红，大叫“该死”，才轰然笑翻。不过大家还晓得文明，再喊她的时候，没有按台湾习惯喊“奶（几）子大”，还是按大陆习惯喊“太子奶”。

丝光袜子一见太子奶挺着的胸脯，很幸福。先前他连太子奶的边也挨不到，现在太子奶香喷喷地坐在他面前，还满脸是笑，他就是再怎样铁石心肠，也硬不起来。听说是太子奶找他谈话，他三脚并作两脚就跑来了。

“厂长说，你们一家是厂里的老人，厂里不能那么无情无义。那个开除的决定收回，奖金也不扣了。车间主任的医疗费你们肯定出不起，只能由厂里担起来。不过你故意伤人也是犯法的……”

“哪个故意伤人？”

丝光袜子没有等太子奶讲完，把眼睛从她的胸口移到她的脸上。

太子奶怔了一下，说：

“总要给厂里一个台阶下。”

“台阶？要台阶做什么？你们开除我开除错了，改正是应该的。”

“多少检讨几句……”

“哪个检讨？”

“自然是你。”

“我？我检讨什么？”

“你看呢？”

丝光袜子也就怪模怪样地去看太子奶。太子奶忽然意识到什么，赶紧去扣领下的第二个扣子。等她扣完了，丝光袜子说：

“检讨我工人阶级觉悟不高，没有举报？”

“举报什么？”

“反正不会是你跟厂长睡觉。你那两粒扣子也不消扣上扣下了，里面的东西我在仓库见过。”

太子奶的脸一下煞白。怔了半天，恨恨地说：

“你以为哪个会相信你的举报？”

丝光袜子很恶毒地笑笑：

“我自然晓得你们关系多。不过，要是我找到了你们的对头呢？”

“丝光袜子你到底想干什么？”

“我想干你，你肯吗？”

太子奶的脸一阵红一阵白，想发作又不能不忍着。

丝光袜子仰面半躺在厂办的那张破沙发上，眼睛在太子奶的脸和胸脯之间溜上溜下。想着那天中午值班，看见厂长和厂办主任先后进了对面的仓库。他随后跟过去，绕到仓库后面，找了个空油桶垫脚，趴上一人多高的小窗户。里面光线不好，他其实什么也看不清。厂长和厂办主任的动静几乎跟他娘老子和哥嫂的一样。但厂办主任却明显给他诈住了。

“我刚才是说着好玩的。你即便是肯，我还未必真干。我是处男，干你我花不来。”

丝光袜子没有声音却全身发抖地笑起来。

四

一伙人在广场的露天排挡喝啤酒。丝光袜子说，你们只管尽兴，今天我买单。众人说，凭什么？丝光袜子说：

“不凭什么。我想买单。”

而今的丝光袜子有些抖起来了。他现在在厂里从不迟到，因为他根本就不上班，但工资奖金按月照拿。那家店的夜班也不值了，跟着哥嫂开了一家土产杂货店。哥嫂的工资奖金也是按月照拿。

说秘密就是身份，秘密越多的人身份就越高是不错的，丝光袜子自己就可以证明。在袜厂，他掌握了厂长级的秘密，他的身份也就跟厂长一样了。

血伙们起先有些不懂：为什么不干脆捅穿他们，让政府送他们坐牢？起码开除，混得比我们惨。想想又觉得丝光袜子聪明：以为告状有用，那是做梦！哪个会听丝光袜子这种人的？丝光袜子不过诈他们罢了。没想到还真诈住了。丝光袜子拿住了他们的软门，他们不给他作梗，两下方便。这样有什么不好？

丝光袜子说，我不是聪明。我不伤人，只活自己的命。

血伙们笑道，你不聪明，怎么秃了顶？又上蹿下跳帮着介绍了几个固定的客户，都是国家机关和国家企业，搞起精神文明建设来，扫帚拖把成车地拉。光是这一宗业务，就足够养活他们这个店。他们的回扣也高：零售三块钱一把的拖把，按五块钱开发票，回两块钱给单位的经手人，他们只赚批发和零售之间的差价。单独看，还不如单位经手人赚的多，但经手人面对的是他们一家店，他们面对的不是一个经手人，只要生意有保证，他们的利润就有保证。大家各得其所。

丝光袜子抖起来的第一个证明是不再到冬冬这里来拿名牌香烟的空盒子了。他现在抽的虽然不一定是“大中华”，但也多少是拿得出手的，不掉一个小老板的价。

第二个证明是他现在开始用101治理秃顶。他对101有一种迷信——因为花了高价，也不容别人不信。自从用了101，他见人就低下头，倾到人家面前，问：

“怎么样，长多了吧？”

他的问题里首先已经肯定“长”了，别人要回答的只是是不是多了。回数多了，别人只要一见到他，赶紧就说“多了多了”，免得一只四周稀毛拉杂中间青紫发亮还带着某种说不清气味的东西不由分说地杵到自己面前来。他由此就更增加了信心。

冬冬是他最信得过的人，冬冬的认可对他也就尤其要紧，丝光袜子微微低下头，倾到冬冬面前，问：

“看看，是不是长了很多？”

冬冬仔细巡视了一遍，含含糊糊地回答：

“好像是。”

“怎么是‘好像’？”

丝光袜子叫起来，对冬冬的回答很不满意：

“人家都说长了很多。”

丝光袜子很早就开始大把大把掉头发。洗完头一看满脸盆长长短短的发丝，不由发呆，弄得他再不敢洗头。洗脸的时候，小小心心地回避着鬓角、耳朵后面和后颈窝，生怕碰落了珍稀的头发。但头发并不都是碰落的。无可奈何花落去，你就是派了重兵把守，该落它还是要落。

厂医刚好也是个秃子，很有经验，告诉丝光袜子，你的秃顶还真不是因为聪明，是因为肾亏。赶快找老婆，少打手铳。另外还告诉他一个偏方，夜里睡觉的时候用孕妇的尿抹头。

丝光袜子言听计从。夜里睡觉前，让老子把自己的手捆死，不到起床不解开。嫂子当时正在怀孕，资源是现成的。厂医的偏方也有了着落。

这样忙了些时候，见到的最大效果就是丝光袜子的头越来越像厂医的头。丝光袜子很生气，去找厂医。厂医说，我肯定不会存心害你，既是偏方，就不一定科学。要讲科学，那就只有101，只要你买得起。

当时101生发剂的广告在电视上做得正火。但对于丝光袜子，那价钱是个天价。而今不同了，而今的丝光袜子已经进入了101生发剂一类商品的消费群体。

但冬冬的态度却不明朗。这使丝光袜子特别失望。

大家就起哄，说卫东你喝多了，丝光袜子一头毛这么茂盛你都看不见？冬冬也就跟着改口说我是喝多了，眼睛有些发花，丝光袜子你那些头发不是栽上去的吧？

丝光袜子颈一硬，冷笑道：

“栽上去的？你扯扯看！”

主动说买单，是丝光袜子抖起来的第三个证明。但所有这些都不是最重要的，最重要的是他开始交上了桃花运。

五

在这次小聚之前，连续几天，丝光袜子一早就来敲冬冬的门，报告头天晚上的艳遇：

“我操，仙女一样，波大得吓人！”

每次都是从奶子说起，仿佛仙女的标准就是奶子大。说的时候眼睛贼亮，脸色潮红，声音发抖。这些“仙女”的共同点除了奶子大，就是都是主动追他。追他的许多理由中的一个就是认为他的头发不错。他跟冬冬他们说的“人家都说长多了”的“人家”，就是这些“仙女”：

第一个是在一家四星宾馆的舞厅认识的，一沾上就不得脱身。起先以为是“鸡”，哪晓得家里是大老板。不过后来才搞清，她兄弟姊妹一大堆，家里的财产分到她名下不会有多少，意思不大。干脆，当天晚上就把她甩了。

第二个是在一家五星宾馆的酒吧认识的。她主动邀请他，后来又带着他转了几家餐馆和茶座。都是她请客。快天亮的时候，把他领到一幢豪宅前，说那是她的家。她要他随她进去，他拒绝了。进去了哪个能保证不上床？她虽说是个单身富姐，长得也像那个明星，但到底是人家吃剩的，他总不至于娶个二婚女人。

第三个是在电脑培训班认识的。他先看中了，然后叫冬冬去帮他参谋。他们先装模作样地听完一节课，中间休息的时候他把走廊上的一个女孩指给冬冬：

“就是她。你说我能泡上吗？”

“不可能！”

冬冬断然说。

“那你在这里等着。”

他就走过去，很接近地说了几句话。回来时，他说：

“我们约好了，明天去公园划船。”

隔天天刚亮，丝光袜子把冬冬的房门擂得山响。夜里他跟头天约好的那个女孩真的去划船了。在船上那女孩就非要他吻，又抓住他的手去按她挺得老高的奶子。因为周围的船多，才没有放开手脚。这样子船是划不下去了。匆匆忙忙地上岸后，他提议去夜宵。她不肯，一定要去他的家。他把她带到店里，让值夜的哥嫂回去。等他去关了店门，回到里间，她已经全身脱得一丝不挂，躺在床上，一身雪白。他这才发现，她是那么小，那么嫩。而自己已经老得差不多可以做她的老子。哪里下得了手。便暗中运气，把要让全身爆炸的冲动死命压下去。完了，好声好气地劝她穿上衣服，摸黑送她回家。到了她的家门口，她拼命哭起来，双手死死搂着他不肯放松。他用了吃奶的力气才总算挣脱了她，说了声“祝你幸福”就赶紧扭头走开，再也没有回头。他怕一回头就会动摇，就会害人家一辈子。

丝光袜子每次跟冬冬说完，脸上的神情慢慢就会从一种极度的亢奋转入一种像是要入睡的迷糊。身上像刚刚结束了一场激烈的运动，突然松弛下来，现出难以支持的恍惚。结满了白沫的嘴巴鱼似的蠕动着，念念有词。

冬冬不敢正眼看丝光袜子，他觉得他是想女人想疯了。

那段时间丝光袜子特别注意自己的仪表。因为自以为有了足够多的头发，他甚至进了从来不必进的美发店。

事情过后大家才晓得，丝光袜子挑中的那家美发店，有一个大奶子的小姐。他下了好多次决心，终于有一次伸手捏了那个小姐一把。这本来不算一回事，但那个小姐因为恶心他，问他要小费，那笔小费相当于“放炮”的价钱。丝光袜子身上带的钱不够，要是够，他会给。但那个小姐不肯放过。随后就有几个人逼上来，按住丝光袜子。内中有一个就是那次在那个猪圈样的舞厅卖摇头丸的鬼样的人。他是这个小姐的老客，早就盯住丝光袜子了。等这伙人散开，丝光袜子断了两根肋骨。

冬冬他们去看望的头一天，丝光袜子换了医院，事先有个血伙告诉了他，他有意躲开了。

众人大眼瞪小眼，一时不知如何是好。冬冬说：

“他不想见我们，我们也不要为难他。以后有事，大家多帮着就是。”

冬冬没有看错，丝光袜子先前那些天方夜谭主要不是用来骗人而是用来骗他自己的。他每天给自己编一个梦，然后再找一个不会打碎那个梦的人来证实那不是梦，这样他才有可能安心过完这一天。要不然他唯一可去的地方就是精神病院。

六

城市扩张得很快。两年前这里还是郊县，现在已经成了闹市了。这家先前蜷缩在市区和郊县交界的角落里的皮肤病医院，现在完全暴露了出来：新辟的城市主干道擦身而过，周边雨后春笋似的起了一片超市和居民小区。把它簇拥得特别突出显眼，像是一个闪亮登场被隆重推到舞台中央的明星。它自己也很张扬。因为越来越强劲的巨额盈利，并不陈旧的主楼又拆了重盖。不知是不是存心这样立意：重盖的主楼是一个拔高的“品”字，中间的那部分昂然耸立，高于周围的楼群，直插青天。三层以下左右各贴着一幢略略后退的小楼。远远地看起来，整幢建筑有一点像是一只很夸张地勃起的阳具。阳具的尖端竖立着几公里之外就能看见的性病专科广告。仿佛它兴建的目的是为这个欲望高涨的时代立一个纪念碑。事实上大多数纪念碑都是取义于阳刚，只是它的意义更为直接。

这家医院的名气很大，大得使凡来就医的人都恨不得隐姓埋名。丝光袜子心里七上八下，有一点鬼鬼祟祟。他生怕碰上认识的人，又不敢放肆地东张西望。闷着头挂了号，就径直往病室窜。

是那些大奶子的女人让丝光袜子走进了这家医院。仔细回想起来，第一次就是那回在广场跟冬冬他们分手之后。

城市中心的这个广场是“文革”时扩建的。围绕广场四周的所有的墙面，先前每一寸都被激烈高昂的政治口号和政治宣传画占领。现在所有这一切又都被大大小小的各类商业广告淹没。在一片光怪陆离后面，黑森森地站立起一群直刺夜空的巨人般的建筑。它们是这个城市发展繁荣的标志。

半夜以后，马路上没有了汹涌的车流和人潮，残缺不全的霓虹灯茫然闪烁。喧嚣的城市泡沫一个个先后破灭。广场周边像是裂口样的小巷显得特别黑暗。那些尚未竣工的高层建筑下面，没有灯，也没有人，满是来不及拉走的建筑垃圾。但这种安静是表面的。恰恰相反，这里是这座城市的这个时段最活跃的地方之一。

丝光袜子那天跟冬冬他们分手之后，独自一头钻进了广场边上的小巷。他依然沉浸在被自己的神话鼓舞起来的激动里。一进巷子，他的耳朵就狗似的竖起来，极力睁大眼睛在黑暗中四面巡睃。终于如愿以偿。一根巨大的水泥方柱前面，一个宽肩挺胸的女人向他撩起了臭烘烘的裙子。

付钱的时候，丝光袜子狠狠地“啐”了一口：

“操，老子一包‘大中华’一下就给你一口抽没了！”

心里半是快意，半是懊悔。快意是因为只花一包烟钱就泄了一股邪火，比多年前看毛片实在多了，真是赶上了好时代。懊悔是因为那包烟毕竟可以是一包“大中华”。

自此之后，丝光袜子有事没事就想那些大奶子，想起抓住和甩下那些大奶子带给他的快意和懊悔。一直到在那家美发店弄断了肋骨。他也从此中断了跟冬冬他们的往来。从医院出来不久，他不声不响地结了婚。老婆是个老是在他的店门口捡破烂的乡下女人，又黑又瘦，最让他丧气的是她的胸脯，完全是块搓衣板。想想真是命苦，一辈子最迷的只有大奶子，到头来能随便享用的却是这样一个硌手的物件。但她的性欲倒是旺盛得可以。结婚没有几天，就让他再没有了去找大奶子的闲心。

最要命的是，不记得从哪天起，忽然发现了那东西的不争气。

丝光袜子点名挂号的这位熊大夫是他在报上看到的。他有个怪毛病，平时从不摸有字的纸，但拉屎却必须看报。不管什么报，也不管哪年的报，是一整张还是小半角，抓起就走。蹲下就一本正经地看半天，看完了正好擦屁股。他那回抓过的恰好是很多年前冬冬用来包了那盘惹事的毛片给他的报纸，上面登了介绍这位熊大夫的文章。熊大夫原来是学医的，却立志要做诗人。迷着写诗的时候寂寂无闻，后来忽然发现在所有的病患里最富于诗意的莫过于花柳病，便改做了性病科医生。人类生殖器官的千姿百态千变万化又成为他歌吟生命和爱情的灵感的不竭源泉。治花柳病，写花柳诗，诗集自有暗疾在身的编者出版，更不愁风雅的患者不会买书。这样，患者与读者共长，诊费与稿费齐增，名声才大振起来。

丝光袜子来找熊大夫倒不是因为他的名气，而是因为他觉得一颗诗人的心应该是温柔的，起码不会太凶恶。治这种不敢声张的病被宰杀是没得商量的。他找对了人。会写诗的熊大夫虽然既不像诗人也不像大夫，但并没有太出乎他的想象。诊断的时候一点没有故弄玄虚的意思，开药之前也先征求他的意见：用进口的还是用国产的？进口的几百元一支，每天一支，需连续两支；国产的几十元一支，每天一支，需连续三支，等等，交代得一清二楚。至于他的诗集，你有爱好就买，没有爱好就不必买。

“我最喜欢读诗。我有个朋友就是省作家协会的。”

丝光袜子先掏钱买了诗集，然后再买药。他只买得起那种国产的针剂，拿在手里总觉得像是他用冬冬的空烟盒冒充的“大中华”：

“不会假吧？”

熊大夫笑笑：

“原来你买我的诗集是怕我给你假药。不会的。我虽然职业是医生，但骨子里是文人。这年头，除了文人，哪里还有信得过的人？文人是社会良心，起码的操守是有的。这你应该懂得的。”

“对不起，我认得的文人还真不太多。”

丝光袜子老实说。

“你先打一针看，觉得行再接着打完下面两针。不行，我把那一针的费用退给你。另外，”

熊大夫特别叮嘱：

“用药期间要停止房事。”

“好吧。”

丝光袜子仍是犹犹疑疑。

熊大夫的药还真是有效。一针下去，症状马上就消失了。

七

丝光袜子结婚并没有告诉冬冬他们。等他们晓得他结了婚，他已经离婚了。

造成丝光袜子离婚的直接原因还是他的性病。他那次没有照熊大夫的要求继续疗程，当时口袋里的钱也不够买一个疗程的药。第二天早上起来，看看那玩意，没有什么异样的动静，便有了侥幸。又觉得一边看病一边卖诗集的熊大夫怎么看怎么像是街上卖狗皮膏药的江湖罗汉，也便懒得再去医院。至于房事，则不是他一个人可以说了算的。他用药是保密的。他若不响应老婆的爱的呼唤，就会引起怀疑。三天以后，症状再次出现。他只好再去找熊大夫。熊大夫长叹了口气：

“你现在即便用药，也有可能转成慢性。说句也许不该说的，有时间还是不妨读读诗。人毕竟不是动物。”

病情转成了慢性，再也无法隐瞒，老婆提出了离婚。觉得受了天大委屈的女人在法庭上哭得昏天黑地。丝光袜子主动对法官说：

“她要怎样就怎样吧，我都同意。”

离婚对丝光袜子其实也是一种解脱。他结婚所以没有通知冬冬他们，主要就是因为觉得一向牛逼哄哄的自己最终找了这样一个老婆，实在没法跟血伙们交代。成家以后，丝光袜子从哥嫂店里分出来，自己单开。因为身上不得清爽，又疏远了冬冬那帮血伙，老是打不起精神，生意再没有跑火过。到离婚分割财产的时候，店里的东西其实都是人家的。女人只想要店，不想要债务，法官判不成，她只有放弃。临走，把女儿也当成债务留给了丝光袜子。

这正是丝光袜子求之不得的结果。先前他还生怕老婆要带走女儿。

从小喜欢哭闹的女儿从来不挑时间。性欲旺盛的老婆总是嫌她碍事，是个吵家精。而丝光袜子则老是靠女儿逃避差事。在一家三口中，相依为命的更多的是父女二人。离婚以后，丝光袜子把全部心思都放到了女儿身上。他这辈子是不会有什么指望了，只有靠女儿扳本。他不晓得凭什么相信女儿能给他扳本。

那时候，袜厂已经卖给了那个把“太子奶”念成“奶儿

（子）大”的台商。厂里的老人大部分买断工龄打发了。厂长、副厂长、车间主任和厂办主任太子奶他们都成了新企业的股东。先前吃的许多黑都一把抹干净了，再不会有哪个追究。

许多下了岗的人愤愤不平，要找政府的麻烦。丝光袜子不肯参加。他还是那句话，他不伤人，只活自己的命，哪个要搞得他活不了他才会拼命。袜厂不姓张也不姓李，关我卵事。眼红贪官就自己想法子当贪官，想不出法子就不必眼红。他没本事当贪官，也就不眼红贪官。

大家想想，觉得丝光袜子说得有理，也就懒得起哄。那个多年前从国外考察一回来就收回了开除丝光袜子的决定的厂长晓得了，表扬丝光袜子，讲他维护了安定团结，当初收回开除他的决定现在证明真是很正确。

丝光袜子对他翻了翻眼睛，说：

“我没有为你们想，我是为自己想。你高兴什么？凡是吃冤枉都有报应的。不应在自己身上，也会应在后代身上。”

厂长瞪眼看着他，半天说不出话。

丝光袜子最后那句话不是瞎说的。厂里几个头，都把子女送到外国去留学，很风光。厂长女儿嫌新加坡的菜不好吃，就让家里把做好的菜用真空包装快件专递过去。花一千多块新币做头发做得不满意，就个个月飞到日本东京去做。厂长捞得再多，哪里经得起这样折腾，只好求她回来。她就给厂长抱回一个记不清父亲是哪个的杂种孙子；副厂长的儿子那年没有考上国内的大学，就去上外国的大学。倒是比厂长的女儿省钱：去了一年，就给家里来信说不必寄钱了，他可以自力更生。副厂长自豪得不得了，开口必说儿子。即便话头毫不相干，也要七拐八弯地绕到儿子上来。后来才晓得，儿子是被一个六十多岁的老寡妇包养了。这不是报应是什么。家家有本难念的经！这样想，丝光袜子心里也就没有什么不平。

丝光袜子决心造就一个有出息的女儿。女儿刚满三岁，他就开始让她学英语、学唱歌、学跳舞、学画画、学弹琴。他请了一个乡下人看店，自己按时带着女儿四处求学。

冬冬见到丝光袜子是在一个很尴尬的场合。

当时，冬冬跟老婆坐在肯德基店的落地窗后面。窗子外面，一个小女孩鼻子被压得扁扁地贴在窗玻璃上，两只眼睛骨溜溜地瞪着里面的他们。在她后面不远，一个男人正在跟一个蓬头垢面的叫花子为什么事争着。

冬冬仔细辨认，觉得那个男人好像是丝光袜子。他们有好多年没有来往了。丝光袜子是因为活得不得意，自己觉得没意思才主动离开他们的，他们若去找他，只会让他觉得更加没意思。结婚的时候，他曾经让人给丝光袜子带了个口信，但丝光袜子没有出现。他明显不是怕送礼，是不想再跟他们结伙。都成人了，有家室了，要操心的事很多，不会老是记住一个跟自己的日子无关紧要的人。就是来往得密切的几个，也都不可能像先前那样隔三差五地就聚一回，逢年过节记得打个电话也就不错了。

忽然看到丝光袜子，冬冬心里还是很厉害地一动。他结交过许多朋友，丝光袜子无疑是他最不应该忘记的一个。一旦确认了那个人就是丝光袜子，他一下就从座位上跳起来。

丝光袜子好像这一辈子都在做冤大头。这一天他心情很好，带着女儿学艺回来，走出过街地道，看见地道口上的那个叫化子也带着一个小女孩，不晓得怎样的就把身上仅有的两张两元票面的票子丢下一张在那个破破烂烂的脏碗里。女儿在一边尖声欢呼起来，却不是为他的施舍，而是为他们身后的这家肯德基店。

对于这个城市，肯德基有很长时间曾经是一个让人垂涎的神话。它进了中国的许多城市，就是不到这里来。却没有想到，进来的头一天，创造了开店首日营业额的历史之最。他们原来觉得这里属老少边穷，不会有市场。却忘记了这种快餐的宗旨所定位的本来的主要消费对象就是下层社会。

店主在当街挂起巨大的横幅，道歉道：

“市民们，我们来晚了！”

当地媒体及学界则把这道歉炒得沸反盈天，庆贺本城同世界的接轨和被世界的接纳。

“我要肯德基。”

女儿大叫着跑过人行道。扑到肯德基临街的落地玻璃窗上。

新开张的店面的堂皇让丝光袜子有些迟疑，但他还是鼓足勇气去看了一眼立在店门口的价码牌。

身上的钱只够买一包炸薯条。

但女儿坚持要一支甜筒。

一支甜筒三元！

丝光袜子咬咬牙，走回到叫花子身边：

“记得吗，我刚刚给了你两块钱。我其实只想给你一块钱，你该找回我一块。”

叫花子眨着糊满眼屎的眼睛，疑疑惑惑地说：

“你说什么？你是哪个？什么两块钱？”

就争起来。

从店里冲出来的冬冬一把扯过丝光袜子，挤出已经围成圈子的人群。

丝光袜子已经早过了那个有了一盘毛片就神乎其神的年纪了。不过他的老从头发上看不出来——他已经没有一根头发。看出他的老，主要因为他表情的老成。

冬冬为他们父女要了两份套餐，又特地给丝光袜子要了一扎他最喜欢的生啤，给他女儿要了一支甜筒。丝光袜子没有谦让，却既不动手也不动口，只接了冬冬递的烟，然后就木木地看着女儿先是让甜筒上的奶油糊了个大花脸，接着又慌慌张张地去啃炸鸡腿。冬冬推到他面前的那扎生啤，他只做做样子的用嘴碰了碰泡沫。冬冬说：

“喝呀，做什么不喝，跟我装斯文？”

“没意思。”

丝光袜子回避着冬冬的眼睛，看着胸前的桌面。

冬冬也就不再勉强。他应该料到这情形的。

那只鸡腿女儿没有啃完就放下了。她胃口有限，只是图新鲜。

丝光袜子拉着女儿的手，站起来，面无表情地对冬冬两口子说：

“谢谢。”

在狭窄的过道上，丝光袜子忽然跟那个先前站在过街地道出口的叫花子撞了个正着。叫花子刚付完钱，一手端着一份套餐，一手拉着正咬着一支甜筒的小女孩离开吧台。

丝光袜子转过脸，对冬冬笑了笑，笑得很苍白很怪异。让冬冬一辈子都忘不掉。

八

吃早饭的时候，冬冬的门铃响了。他老婆抓起话筒问：

“哪位？”

听到楼下的回答，她扭头对冬冬说：

“好像是丝光袜子。”

“管他谁，让他上来。”

冬冬最怕怠慢了朋友。他老婆又对话筒说：

“你上来吧。”

说着就揿了开关。

底下“咣”地一响，门开了，却听见那人说：

“我不上去了，就在这里等。”

冬冬三下两下扒完碗里的剩粥，丢落碗筷，赶紧下楼，一面嘟哝：

“有病。”

自从那回在一家肯德基快餐店分手，一年多了，冬冬再没有见过丝光袜子，那张笑得很苍白很怪异的脸差不多已经淡忘了。死要面子的丝光袜子忽然主动跑来了，不是出了什么实在过不去的事，就是又有什么可以显摆的了。

楼下站着的果然是丝光袜子。没什么大变化，连笑也还是那样的，很苍白很怪异，比哭还难看。头低着，脚踢着地上的石子。

“有什么事只管说，怎么跟女人一样了？”

冬冬很急。

“我想让你帮我找脚事做。”

丝光袜子终于说。

“不开店了？”

“不是不开了，是开不成了。”

丝光袜子这两年的日子总算开始在顺起来。日杂店欠的债还得差不多了。女儿也上了学，是一家蛮讲究的小学，学生家长多是省市领导机关的干部和大小老板。丝光袜子钻心打地洞，花了别人几倍的钱，一个一个打通关节，才如愿以偿。女儿上了学，丝光袜子安心看店，“勤扳罾。懒看店”，不累。隔壁几家的小老板没有事不是吆三喝四的在街边打牌下棋，就是拢做一堆扯八竿子打不到边的伊拉克之类的卵淡，丝光袜子只一声不响，磨磨蹭蹭地搞他的店，把个小店面搞得井井有条。来了人，先愿意上他的店，起码图个清爽。他自己一身上下也总是散发出一股肥皂味，先前一张灰暗发黄的脸也一天天见得有了起色。

却跑出了一个拖把。

拖把就是丝光袜子先前在的袜厂的那个副厂长的儿子。自从晓得他是给一个外国老寡妇包养之后，副厂长便死卵一样再没有了声音。但儿子却搞出了响动。他跟着老寡妇沾上了毒品，给人家赶回来了。回来，就在戒毒所进进出出，把他那个身子本来就细得像豆芽似的副厂长老子折磨比他还不像人。副厂长苦心积攒起来的家业顷刻间土崩瓦解。家里的油水看看榨不出，拖把就开始走访老子的熟人。拖把从小就皮，一天到晚拖着一双破破烂烂的喇叭裤脚，见人就粘上去。

粘上丝光袜子，纯粹出于偶然。拖把那次从戒毒所回来，坐在客厅的沙发上发呆，无意中看到地板上那几个被镪水烧出的疤痕。眼睛登时一亮。很快就找到了丝光袜子那家清清爽爽的门面，问：还记不记得好多年前，有个叫丝光袜子的烂仔提着两瓶镪水到副厂长家里“送礼”，逼副厂长收回开除的决定。当时他就在里屋啃书，准备高考。他就是那个副厂长的儿子。

“真看不出，你现在好像混出了个人样，居然当上小老板了。”拖把怪模怪样地说。

丝光袜子很吃惊地看着面前这个骷髅样的人形，心想，这是报应。后悔当初听说副厂长的儿子在外国做了鸭子，自己不该幸灾乐祸。

拖把此后隔三岔五就来“借”钱。起先丝光袜子想花钱消灾，五十一百地打发过他几次。他却来得越来越勤快，你要不“借”，他就死狗一样横在你门口的地上，叫你做不成生意。

给拖把缠得实在没有办法，丝光袜子想想只有来找冬冬。什么叫“血伙”？不就是你在走投无路时想起的那个人？但见到冬冬，丝光袜子还是迟疑了好久，他觉出了自己的自私，无事不登三宝殿，冬冬结婚他都没有来。现在怎么开口？

“你不该他不欠他的，怕什么？他既然成了死狗，你不会把死狗一脚踢开？”

冬冬一听就火了，他火的是丝光袜子没有种。

“那么容易就好了。他问我是不是有个女儿叫辛辛，又问我看没有看这两天的报纸，那个广告公司女老板的前夫就是他做掉的。”

丝光袜子一脸的惊恐，像是已经大祸临头。

“那又怎样？”

“他说他可以做掉一个，就可以做掉两个。”

冬冬冷笑道：

“这些鬼话你都信？”

“怎么能不信？一个人要是疯了，什么事做不出来？”

“那你不会报警？”

“报警？吓！”

对丝光袜子这样的，大盖帽们不欺负就谢天谢地了。冬冬马上就发现自己失了口：

“那你要我怎样？”

“帮我找脚事做，我把店盘掉。”

九

丝光袜子每天是最早一个进省作协办公楼的。一来就扎手捋脚，把本来已经一尘不染的产业开发中心办公室的门、窗、桌、椅直到地板，又从头到尾擦洗个遍，直搞得到处跟镜子一样可以照见人。等大家上班的时候，他早已是一身汗流浃背。

省作协这栋楼还是20世纪50年代的筒子楼。新成立的产业开发中心在一楼走廊的尽头。这是个绝对死角。进了门，里面三面墙的窗户都被外面楼房的墙紧逼着——那几栋楼几乎就是贴着这栋楼盖的，搞得这间房就像井底，又黑又潮湿。先前里面堆满了机关多年积下的杂物，其实就是垃圾，长年关着，任其霉烂。门就是关得再紧，也关不住霉烂气息的一阵阵渗透。不记得哪年过年，杂志美编写了副对子贴在上面："满园春色关不住，一枝红杏出墙来"。多年过去，连那副对子都烂得看不清了。多亏了聂总，让这间垃圾房变把戏似的转眼成了省作协的一处能跟"豪华"沾得上边的地方，看上去竟有一点而今的政府机关的味道。让一帮穷酸秀才个个感叹钱真是个好东西。

聂总先是骑着自行车满街叫卖广播电视节目报；后来是定点摆摊；后来是帮电台电视台拉广告；后来是成立自己的广告公司；后来就是像一切成功老板一样有了花园房，有了私家车，有了不止一个女人。如果非要讲有什么不同，那就是他那份对文学的异样的痴情。他自己说，从他记得事情起，他做的梦几乎都跟文学有关，都是作家梦。他一心赚钱，就是为了当作家，赚了钱好圆作家梦。而今作家已不值钱，但是他痴心不改。他来省作协说这些的时候，几个人不由冷笑：作家梦哪里是赚了钱就好圆的？作家恰恰是穷出来的。文王拘而演《周易》，仲尼厄而作《春秋》，屈原放逐，乃赋《离骚》；左丘失明，厥有《国语》；孙子膑脚，兵法修列；不韦迁蜀，世传《吕览》；韩非囚秦，《说难》《孤愤》，就是司马迁自己，要不是给人阉了，世上也未必会有《史记》。

“那不一定，托尔斯泰，屠格涅夫，都是贵族作家。”

聂总原来还真是看了两本书的，原来有这样的雄心壮志。不过他到省作协，暂时还不是来搞专业创作，而是来开发。

省作协活不新鲜，死不断气，已经从副职转成正职的领导平调去了别的厅局。他当时答应来省作协就是为了转正，转了正再平调，比在别的厅局提拔就简单多了。新来的领导决心励精图治，学习外省经验，搞产业开发。机关里没有这块料，就到社会上去招聘。条件很优惠：用省作协的名义去做合法生意，赚的钱能给大家发个菜篮子费就行，其他都是自己的。但公告发出去好久，没有人上钩：凭省作协的名义要是能做生意，省作协何至于落到这步田地？鬼也没有想到，世界上还会有聂总这么一个珍稀动物活着。

导致聂总出现的是冬冬。他的一个血伙的血伙认识聂总的一个马仔，就这样七弯八拐地把消息传到了聂总那儿。聂总马上就自己开着车子来了。两边相谈甚洽，差不多是一拍即合。聂总作为乙方，许诺的比甲方还多。除了改造那间垃圾房作为省作协产业开发办的办公室，还同时把省作协各间办公室先前东倒西歪的桌椅公文柜统统更换一新。简直是从半天云里掉下个财神。

唯一让大家意外的是聂总希望能发给他一本省作协的会员证，说这话的时候他脸上明显有些发红。大家意外的不是他提了一个非分的要求，而是他提了一个狗屁不值的要求。他们自己，那么一个小本子早不知烂在哪个角落里了。

最意外的是冬冬。在聂总眼里，他好像成了革命道路光明前途的引路人。聂总特意请了他一次酒，说，从此你我就是血伙，你的事就是我的事。冬冬回来告诉老婆，老婆说：

“这人肯定有病。”

聂总说话还真是算数的。冬冬把丝光袜子领来的时候，聂总二话没有多问，就说，留下吧，这里正要一个人搞勤杂和接电话。他自己的广告公司还要打理，不可能天天来省作协。

丝光袜子回去，很快把店盘了，清了所有的债务，剩下不到两万块钱，交给聂总作了押金。聂总说，不叫“押金”，算你入股吧，赚了钱，按股分红。聂总的意思，是不把他当马仔，虽然每个月也照样发一份马仔工资给他。丝光袜子心满意足。想想，还是中国特色的社会主义好。先前吃不是中国特色的社会主义大锅饭，哪里有现在这样爽？厂长副厂长、车间主任太子奶那一帮，除了男盗女娼捞国家的好处，骑在工人头上拉屎拉尿，哪一个是好东西？被他们压迫着，这一辈子还想做白领？当初袜厂破产，他跟大家一起发牢骚、骂娘，反对资本主义复辟，实在可笑。

看看实在没有什么可忙的了，丝光袜子坐下来，一边看报一边守电话。看报是他刚开始培养的习惯。一个是受环境影响。毕竟是作家协会，潦倒归潦倒，厕所里碰到十个人九个是“老师”。再一个是跟聂总学的。自从拿了省作协的会员证，聂总的应酬少多了，老板包则比先前鼓多了，因为多了本大部头的世界名著。

那天，丝光袜子又把广告公司女老板前夫出车祸的报道看了一遍。这张报他来这里上班的第一天就看到了，许是别人也有兴趣，放在一叠新报上面没有丢掉，他又随手收进了自己的抽屉。这是省报底下的一张子报，因为登的多是八卦新闻，发行量很大。那个报道的题目很吓人：“俏佳人色相事人红杏出墙女老板前夫命案扑朔迷离”。

事情也的确很惨：车子在高速公路上一个后轮忽然脱落，失去平衡的车子飞出护栏，栽到山沟里。司机和后座上的女老板前夫当时就死了。女老板前夫的现场照片还登出来了：头卡在后窗玻璃上，玻璃深深的切进颈子。

车子是一辆新款的小车，正常情况下不至于发生这样严重的技术问题。就是有问题，司机在上高速之前也不可能不检修出来。车上两个人都死了，司机是个刚复员回来的小兵，正等着分配正式工作，临时来赚几天外快，不可能是自杀性报复。更不可能是女老板前夫自杀。他刚从牢里放出来，正在忙着恢复先前的公司。真要为什么事自杀，没有必要害一个无辜的人。

“看了昨天的报纸吗，那个广告公司的女老板前夫就是我做掉的。”

拖把那张骷髅似的脸从报纸上的字里行间浮出来，丝光袜子闻到一股死尸的气息，不由打了个激灵。

拖把的样子，连只苍蝇也拍不死，哪里杀得了人？但他在国外大本事没有学到，玩车倒是一把好手，真要是害人，手脚是可以做得很干净的。拖把不是一个孤立的人，吸毒的，贩毒的，都是成了帮结了伙的，就是他跟那个女老板前夫没有过节，别人只要给钱，他什么不会做？他要是不晓得一点底细，怎么会无端地就扯到那桩命案上？

但他丝光袜子算什么？他在而今的社会上什么也不是，狗卵都不如，狗卵还能冒充“驴鞭”、“虎鞭”卖钱，他一文不值。拖把怎么就盯上他了呢？

拖把是因为丝光袜子有个辛辛！辛辛是丝光袜子的命根子，丝光袜子就是为了辛辛才活着。辛辛是丝光袜子的软门。

一想起辛辛，丝光袜子心里就发虚。辛辛每天上学出门，丝光袜子的一颗心就悬起来，总觉得她会被绑票；辛辛快放学的时候，那颗心就“咚咚”地跳得厉害，直到见了她的人影才又放落。辛辛今后的日子，丝光袜子从不敢想。有时候他是真不希望她长大，只求她能永远平平安安地躲在他的胳肢窝里。

但辛辛没有出事，聂总出了事。

聂总不来的日子，一定会打个电话过来，问问情况，交代点什么。但今天坐了一上午，接了好几个找聂总的电话，聂总自己却一点消息也没有。因为并没有什么急事，丝光袜子只把那几个电话做了记录，也不敢随便打搅聂总，老总哪里是可以随便打搅的？快中午的时候，冬冬神色慌张地闯进来，说：

“聂总给人家杀死了。”

十

聂总死在一家宾馆卫生间里。一丝不挂的身上被刀子捅得像蜂窝一样，大半截阴茎被切下来，丢在抽水马桶边上。从现场看，作案的明显不止一个人，而且有男有女。作案动机初步分析主要是谋财害命。显然是被害人的遗物的一只手包里，除了几个屁用没有的证件，凡值钱的都拿走了。扔下的那些证件里有一个是省作协会员证。警察就是因为这个会员证给省作协打电话的。

接电话的省作协领导听出了一头冷汗，马上就反反复复声明省作协跟这个被害人并没有什么实质性的关系，那不过就是一个非正式机构的经济承包人而已。而且，来了还不到一个月，大家对他几乎可以说没有什么了解；而且，这个机构我们马上就要撤销了；而且……对方打断说，我们先跟你们核实一下那个会员证，别的现在不必谈。

不管案情会怎样发展，省作协领导班子当天就做出了决定：产业开发中心立刻关张。同时赶紧分头给媒体的熟人打电话，让他们报道这个凶杀案的时候，千万不要把省作协扯上。鱼没有吃上，先惹了一身腥，真是活见鬼了！

下午一上班，丝光袜子就给叫到省作协的财会室，领回他几天前交的押金。押金本来是交给聂总的，但聂总当时就转给了省作协的财务，说，我其实也是给作协打工的，还是你们管好。就算是我交的第一笔钱吧。至于这几天的工资，会计说，对不起了，省作协没有义务代聂总支付，付了也没有法子做账，你晓得，国家的账是卡得很死的。

丝光袜子其实什么也没有听清。两只耳朵“嗡嗡”的，像是有一架飞机就在头顶上盘旋，浑身发软，就像被抽掉了骨头。在省作协楼里进进出出了几天，人模狗样的开门锁门，开灯关灯，扫地抹灰，看报接电话，他差不多有了一种错觉，以为自己也是这里的主人之一了。他对读书人从来怀着敬畏，万般皆下品，唯有读书高么。如果再投一次胎，让他在穷文人和小老板之间选择，他一定选择做穷文人。穷归穷，身份在那里。哪里晓得，黄粱一梦，眨眨眼的功夫就醒了。

如果只是一场好梦醒了，那也罢了，再好的梦终归是梦，做不成，醒了，该怎样还怎样。问题是接下来，丝光袜子像是跌进了一个噩梦又一个噩梦。如果真是噩梦，那也罢了，再恶的梦也是梦，也有醒的时候。问题是，这些噩梦不是梦，是真实发生的事。就像先前的那场好梦也曾真实过一样。

丝光袜子走出省作协的楼道，来到杂草丛生的院子，发现那几棵东倒西歪的树底下，一堆横七竖八的自行车中间，自己那辆二手的国产摩托不见了。院子里的日头跟火一样，起先他以为是自己眼花了，用力揉了揉，又在院子的各处找了一遍，还是没有见到。送他出来的冬冬说，找个屁，又不是绣花针。就去问看院子的老头。老头用力眨着满是眼屎的烂眼睛，说：

“摩托车？刚刚有个人骑走了。不是你吗？怪事，怎么跟你一样高。”

丝光袜子和冬冬两棵树似的戳在那里，听着那个烂眼睛老头不停地咕哝：“怪事！”

好久，冬冬说：

“要不，我开车送你。”

冬冬开的省作协那辆小车已经报废，他已经开始在跑出租车，不过，目前他还没有自己的车，只是跟人倒班，别人跑白天，他跑晚上。

“你现在哪有车？”

“我可以呼他。”

“你怕我走不动？”

丝光袜子一面说着一面就往街上走。

冬冬很沮丧。他在作协还没有办离职手续，他把丝光袜子当血伙，他好心帮他们，却给他们都惹了祸。想想真是不值。狠狠“啐”了一口：

“操！”

丝光袜子走了不远就自己打了辆车，他还真是没有力气走回去。司机问：

“到哪里？”

“接辛辛。”

“‘星星’？是‘五星’吧？”

市里有家叫“五星”的宾馆。

丝光袜子忽然醒过来，赶紧说出辛辛上学的学校。辛辛没有这么快放学，他打算坐在学校操场等她，反正也没有别的地方好去。他要坐下来，好好地想一想。聂总就这样死了。一个人的命真是捉摸不到，说没有就没有了。聂总是个好人，有钱人里很少有这样的好人。聂总喜欢女人，喜欢女人的未必不是好人，他自己也喜欢女人。喜欢女人未必非死在女人手上。聂总除了喜欢女人，还喜欢文人，一心想当文人。一个想当文人的有钱的好人就这样死了。他这一辈子碰到的好人不多。好人好像总是死得早，让坏人留在世上作恶。

辛辛却提前放学了。丝光袜子记起来，下午二、三节自习课学生是可以自由选择的。辛辛每回都是回家，家里不吵。没有母亲的辛辛很懂事，晓得这个一切要靠竞争的社会自己不争气就没有活路，像老爸那样活着，不叫活，叫受罪。

车子离厂门口还有一大截路，丝光袜子就让停下来，免得碰见老厂的熟人笑话他发了财起卵劲。日杂店盘出去之后，他又回到袜厂来跟娘老子住。好在他兄嫂已经买了房，娘老子经常住在那边，偶尔因为口角才回来住几天，气消了又回去。这样，这边的房子就等于留给丝光袜子了。其实这房子也是住不长的。袜厂贱卖给那个台湾老板之后，人家并没有接着做袜子，而是把所有的房子都平了，空出一大块地，经营商品房。平到生活区这一块，有幢楼平不动。楼里有一家，全家人在身上浇了汽油，手上捏着打火机，说，你们的推土机再往前滚一轮子，我们就点火。横直活不成，干脆死给你们看！丝光袜子的家就在这幢楼里。

辛辛在家里。丝光袜子出了口长气。去省作协之后，他一直担心，拖把找不到他，就会去找辛辛。

娘老子，兄嫂也在。这些时他们总是聚在老厂区这个最后的顽固碉堡里，随时准备迎接可能发生的变故。这两天的消息说，政府已经出了面，打算答应住户自己出的拆迁价。再赖着就说不过去了，不如趁早找好退路。见到丝光袜子，他们说，你来得正好，一块商量，是凑钱买房，还是暂时租房。

钱!

丝光袜子忽然从上到下全身一阵冰凉：他那只装着省作协退回的一万多押金的手包不在手上!

先前，丝光袜子从来不用手包，从来出门都是拎着一只皱巴巴的塑料袋子，里面装着香烟、打火机、零钱，有时候还有雨伞之类，用了一回，丢掉，下回又换一只。到省作协的开发办上班，他才特意去买了一只手包，而且是真皮的，白领的行头么。算是一种投资。但他还来不及习惯这行头，拿着它总觉得是拿着别人的东西，一旦放下就会忘记拿起。现在他一下想起来了，从省作协出来那只手包一直拿在他手上。因为是从财会室出来，直接就在院子里找他的摩托，中间没有在任何地方耽搁。要放落，就只有在出租车上放落。

对了，就是在出租车上！付车费的时候他是照习惯从身上摸的零钱，早不记得那只手包了。

“嗤！”

一家人先是静默了一会，然后就怪怪地笑起来：

“像你这样的，还在世上混什么？趁早死了的好，免得别人跟着你受罪。”

“就是！”

辛辛也说。

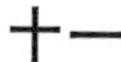

这家茶楼居然叫“好莱坞”，也卖酒，阴阳怪气的。难怪地方台的电视天天做广告，就是没人来。其实它倒是占了一个好位置，临着江，对岸是开发才几年的城市新区，高层建筑多，又强调亮化，号称是当地的“浦东”。

丝光袜子来得早，楼上空空的，他挑了尽头的一个靠窗的位子坐下，对服务小姐说，这张桌子今夜我包了，不要让别的客人来。小姐甜甜的一笑，细声说，不会的。

小姐穿着闪闪发亮的旗袍，胸脯和屁股都挺挺的。早几年，丝光袜子的眼光会在上面舔个没有完，现在他就是有这份贼心也没有这份贼力了。他已经好多年没有搞过女人了。想想真是不甘心啊。而今八十岁的男人搞十八岁的女人都有的是，他还不到四十岁就武功全废了。老天对他也真是不公。家里人说得对，他真是不该在这世上混下去了。如果要说牵挂，只有牵挂辛辛。但辛辛需要他牵挂吗？没有他，娘老子、兄嫂就不能不管她的事，那只会比让他拉拉扯扯着过得好。就是送进孤儿院，也不会比做他的女儿更吃苦。辛辛是个比贼还精的女孩，像娘。她对他并没有依恋，她看不起他这个老子。他确实没有让她看得起的地方。他宁愿她有这样的心性。

这样想着，丝光袜子伸手抓住面前那只圆柱体的大酒杯转了转。他刚才要的是一扎生啤，他喜欢喝生啤，一直就想着痛快地喝一次。原来打算在省作协开发办领了头一个月工资之后请冬冬喝一次的，现在只有他一个人喝了。冬冬是个不玩假的血伙，从来都真心诚意把他当回事。但朋友好比担子，一头轻一头重是挑不长的。总是冬冬帮他，他一点也帮不了冬冬，而且只能添麻烦。就是冬冬不在意，他自己也说不过去。今天尤其不能叫冬冬来。只有对不起了。一个人做人做到他这样，也算是个奇迹了：儿子，丈夫，父亲，同事，朋友，甚至嫖客，做什么不像什么，做什么都一败涂地。

灯光幽幽的店堂人声渐渐多了，先前靠墙站着的服务小姐跟着忙起来。大酒杯里的生啤剩得不多了，丝光袜子看看没人注意，把自己带来的一瓶子酒样的东西倒进大酒杯。茶楼是不允许顾客自带饮料的。倒干净了，他很从容地把那个空瓶子放在桌子底下。现在他不必担心有谁发现。一旦发现，他抢先把酒杯喝空就是。要吵？对不起，过阴阳界，去那边吧。想到再过十分钟，顶多二十分钟，这个暗暗的静静的店堂会怎样的热闹起来，今夜的电视上，网上，明早的报上，他和这个阴阳怪气的“好莱坞”都会成为新的八卦，他心里有几分激动：一辈子活得跟条烂卵一样，这回总算搞出了一点响动。

最后这个念头让丝光袜子的嘴角浮起一丝笑意，他又转动起大酒杯来，仿佛在等着那个一定会出现的恶作剧机会的到来。他眯起眼睛，很入神的样子。那只大酒杯是人造水晶的，花纹很好看。

拖把是早已进来了现在才看到他，还是刚刚进店突然看见了他，丝光袜子来不及搞清楚，拖把几乎是一阵风似的扑到他坐的桌上，没容他反应过来，就端起他正转着的那只大酒杯，一扬脸，“咕咚咕咚”地一饮而尽。喝完了，一抹嘴，说：

“真过瘾！”

又说：

“你躲？往哪里躲？哪怕你钻到地缝里，我也会把你抠……”

大酒杯凌空落下去，在地砖上清脆地碎裂，散开。随着倒下去的是拖把。他一只手捂着胸口，一只手指着丝光袜子，爆炸似的睁着眼睛，咬得紧紧的嘴“呜呜”作响，就那样直直地仰面倒下去。

丝光袜子最后倒在大酒杯里的，是整整一瓶“敌敌畏”，这种东西前些年有人用来勾兑茅台酒。这杯酒他是给自已勾兑的，却便宜了拖把，给他送了终。

我操！看样子连死也死不利落了。好不容易策划了一个壮举，又让别人抢了先。

拖把在去医院的路上就断了气。110警车把拖把留在医院做尸检，把丝光袜子和“好莱坞”当天的领班以及管丝光袜子那张桌子的服务小姐带到了局子。领班和小姐做完笔录就让走人了，丝光袜子被留下来，连夜审讯。

丝光袜子起先不晓得是审讯，以为几个警察没有事想跟他聊聊天。值夜班的警察总是喜欢没事找事的，像现在这样，等于猫玩老鼠。要不然长夜难熬。他有几个血伙进过局子，晓得警察的爱好。

“我没有什么好说的，”

等几个警察的眼睛集中盯到他身上，丝光袜子说：

“要说也尽是倒霉的事。没有哪个比我更倒霉的，想死都死不了。阎王不收。”

“莫急，快了。”

一个警察嘲笑说，马上又拉下脸：

“少在这里油腔滑调，老实点！”

“什么意思？”

丝光袜子发现好像有些不对头。

“老实交代，为什么杀人？”

“杀人？哪个杀人？”

“你！还有哪个！”

“我杀人？我做什么要杀人？”

“问你自己！”

“我今天夜里是要杀人，我要杀的是我自己。”

“可死的是别人。”

“那跟我有什么关系？”

“你有什么资格问我们？问你自己！就从这里说起——你跟死者是什么关系。”

“你们把我当成杀人犯？吓！笑话！”

丝光袜子的眼睛在几张神情专注的脸上睃来睃去，终于看出事情真的很严重：

“你们真是审我？当我是杀人犯？”

“不审你？哪个跟你玩？！”

“嘿，嘿嘿。”

丝光袜子笑起来，就是那种比哭还难看的笑。

“快说吧，现在害怕了？晚了！”

“让我说什么？”

丝光袜子有点糊涂了。

“刚刚已经告诉你了，说你跟死者的关系。”

“我跟拖把？我跟拖把什么关系也没有，是他来找我的……”

“等等，什么‘拖把’？”

“就是死者。”

“知道了，接着说。”

丝光袜子眯起眼睛，努力搜索对拖把的记忆：他有个怎样的不是东西的鸡巴老子，在外国怎样被一个老太婆包养，又怎样讹诈上了自己，搞得自己本来上好的日子不得安生……

“所以你就要做掉他？”

“我没有想做掉他，我只是躲他。”

“这种人做掉也活该。”

“我没有想做掉他，我只是躲他。”

丝光袜子又说：

“对了，他倒说过，他做掉过一个人，就是那个做广告的女老板的前夫，报纸上登过的。”

“是吗？”

“他亲口跟我说的。”

“他为什么跟你说？”

“他威胁我，说他晓得我有个女儿，说他可以做掉一个就可以做掉两个。”

“好，这件事我们会记录在案。还是说你的事，他威胁到了你女儿，所以你决定先下手，是这样吗？”

“我没有下手，没有下他的手，哪个的手也没有下。”

“你不要这么紧张，我们慢慢来，还是从头说起。他是个无赖？”

“是。”

“他不会轻易放过你？”

“是。”

“他一旦赖上谁，就会把谁的东西当自己的东西？”

“是。”

“那瓶‘敌敌畏’是你买的？”

“是。”

“是你倒进酒杯的？”

“是。”

“他喝了，你没有制止？”

“是，不是！我来不及。”

问话的警察的嘴角起了一丝不易觉察的笑。

“你莫笑，真的！我根本不晓得他会来。”

“他是自己来的？”

“是。”

“你怎么知道他是自己来的？”

“我……我怎么知道？是呀，我什么也不知道。”

“他不是自己来的，是你约来的。”

“我约他做什么？我疯了？”

“你没有疯，你很清醒，计划得挺周密，完全实现了预期的目的。”

“搞了半天，你们就是认定我杀了拖把？”

“可以这样说。”

“那好吧，随你们。”

丝光袜子觉得有些累了，把身子靠上椅背，两条腿尽量往前伸出去，“哧哧”笑道：

“见活鬼了！自杀不成，倒成杀人的了。”

这回的笑倒是真有些开心。

“你老说你自杀，不妨说说你为什么自杀。”

“不想活了，没劲。就是这样。”

“说细些。”

“也要记录吗？”

“当然要。”

“那你们只管记吧。”

丝光袜子娓娓讲起他这一天的经历，像是故意折磨对方：聂总死了，省作协开发办撤销了，他失业了，摩托丢了，摩托是烂货，丢了就丢了，又丢了一万多块押金。

“所以你就自杀？你的命就只值一万多块？”

这倒把丝光袜子问住了。他想他应该不止值那么多。但是要是没有丢那一万多块，他一定不会想到自杀，一定不会去买那瓶“敌敌畏”，也一定不会去烂卵的“好莱坞”。

“我的命连那些也不值。”

丝光袜子只好自嘲。

“你对自己的命好像一点不在乎，那我们讲你杀人，你又何必辩解呢？”

一个娃娃脸的警察提了个很幼稚的问题。

“自杀是一回事，背个‘杀人’的罪名被杀又是一回事。”

丝光袜子一下坐直了身子：

“我还有个女儿，不能让她冤枉成了杀人犯的女儿。”

几个警察的脸色松弛下来：

“你这样说，我们有些同情你了。”

“我不需要哪个同情。能给我找个地方吗，我想睡觉。”

丝光袜子迷迷糊糊地说。

被推醒的时候已经是第二天早上，丝光袜子很恼火，一边揉着眼睛一边发牢骚：

“你们让我睡一个好觉再搞死我不迟吧？”

推他的是那个娃娃脸警察：

“谁要搞死你，问你事情。你那一万多块是怎么回事？”

“什么怎么回事？”

丝光袜子懵懵懂懂。

“你昨天不是讲丢钱了吗？那钱事先有包装没有？”

“是装在一只手包里。”

“手包的形状、大小、颜色、质地？钱的具体数量？还有，里面除了钱，还有什么？”

“怎么，你们要帮我找？”

“要是你的回答不错，恐怕已经找到了。”

娃娃脸说。

丝光袜子睁大眼睛，他看见，娃娃脸身后，门外面，探头探脑的站着冬冬和一个陌生人，他立刻就想起来了，那人是昨天下午他坐的那辆出租车的司机。他的两只手支在长条椅的边缘上，立在耸起的肩膀中间的头突然像给人打了一闷棍似的往前垂下去。

十二

宣判的那天，娘老子没有到场，他们瘫在床上起不来。兄嫂带着辛辛，还有冬冬和几个血伙来了。

冬冬那天跟丝光袜子分手看他失魂落魄的样子，始终放心不下，晚上开车的时候给他兄嫂打电话，晓得了他丢钱的事，当时就想到有可能丢在出租车上，马上就又给开出租车的血伙打电话，让他们打听下午有没有哪个在自己车上发现了客人遗落的手包，第二天一早就有了确切的消息：万幸那是一辆快要报废的车，那只手包落在后座和靠背的破裂的夹缝里。一下午换了多少乘客，居然没有人发现。

手包的发现很偶然：司机一早忽然想起换掉那个破烂的椅套，于是暴露出了那只害了一条人命却若无其事的手包。司机刚好是个有血性的，从来不做不明不白的烂事，一上班就把那只手包交到公司，而公司值班的已经知道有人在找这只手包。

事情从一开始就充满了偶然性：拖把偶然看到家里的地板上那几个被镪水烧出的洞；聂总偶然听说省作协要搞产业开发；连聂总的被害也很偶然：作案的那一男二女是外地来的流窜犯，偶然进了那家宾馆，女的先勾引了聂总，洗鸳鸯浴的时候溜出去开了房门。案子破得很快，他们拿聂总的信用卡提款，被银行的摄像头录下了；丝光袜子偶然坐了出租车——这之前从来没有坐过，偶然去了“好莱坞”——这之前也从来没有去过；“好莱坞”倒是粉友聚集的地方，但那天去拿粉的拖把撞见丝光袜子却百分之一百是偶然的。

拖把那个当过副厂长的豆芽菜老子到处奔走呼号，一定要让毒杀了他儿子的丝光袜子偿命。那只手包的找到，给丝光袜子提供了有利的证据，证明他因为生活绝望而自杀不是瞎编的。法院自然最公正，综合各方面意见，给丝光袜子判了八年徒刑，根据是“过失杀人”。

丝光袜子低头听完宣判，直起颈子狼一样号起来：

“我有什么‘过失’？我招惹了哪个？我是自杀！”

法庭上一片静默，所有人一时都不知该说什么。

忽然在旁听席里响起一声同样凄厉的尖叫：

“爸——爸，你不要自杀！”

是辛辛。

陈世旭主要著作目录

长篇小说：

1.梦洲：一个青年革命家的浪漫史.北京：人民文学出版社，1990.

2.裸体问题.北京：中国青年出版社，1993.

3.将军镇.上海：上海文艺出版社，1999.

4.世纪神话.北京：华夏出版社，2002.

5.边唱边晃.上海：上海文艺出版社，2005.

6.一半是黑色一半是白色.北京：人民文学出版社，2005.

7.登徒子.南京：凤凰出版传媒集团–江苏文艺出版社，2010.

8　一生之水.北京：作家出版社，2016年.

散文随笔：

1.风花雪月.南昌：百花洲文艺出版社，1994.

2.都市牧歌.上海：上海文艺出版社，1998.

3.陈世旭散文.北京：华夏出版社，1999.

4.人间喜剧.北京：西苑出版社，2000.

5.陈世旭散文选集.天津：百花文艺出版社，2012.

中短篇小说集：

1.带海风的螺壳.上海：上海文艺出版社，1983.

2.百花洲创作丛书·天鹅湖畔.南昌：江西人民出版社，1985.

3.中国当代作家选集丛书·陈世旭卷.北京：人民文学出版社，1993.

4.青藏手记.武汉：长江文艺出版社，1999.

文论及其他：

1．当代文学在哪里迷失.文学评论，1988（6）.

2．庄子艺术精神的当代价值——传统美学与当代文学论列之三.江西社会科学，1990（6）.

3．二重奏：文学与人.文艺理论家，1991（1）.（2009年收入文集《江西作家精品丛·边走边想》改名为《文学是一种

生活》）

4．小说的逻辑、意义、典型性、艺术特征及其他——关于文学的通讯.创作评谭，1998（3）.

5．生命的燃烧和呼啸——陈忠实和他的《白鹿原》.创作评谭，1998（4）.

6．永远的雨——我认识中的王安忆.人民文学，2000（4）.

7．《江西文学史》序.创作评谭，2000（3）.

8.我看潘向黎小说.创作评谭，2004（3）.

9．海明威的骄傲是无法模仿的.创作评谭，2005（9）.

10．行走在北方——葛水平印象.创作评谭，2005（11）.

11.作家不是一种轻松的职业——我的文学价值观.上海文学，2007（6）.

12.文学会使心灵清洁高尚.创作评谭，2007（5）.

13.文学是我最重要的人生支柱之一——答深圳大学文学院研究生问.江西作家精品丛·边走边想.南昌：百花洲文艺出版社，2009.

14.人·人体·人体艺术.江西作家精品丛·边走边想.南昌：百花洲文艺出版社，2009.

15.日见生长的健壮的新芽——江西青年作家初论.江西作家精品丛·边走边想.南昌：百花洲文艺出版社，2009.

16.《老子》札记（三则）.江西作家精品丛·边走边

想.南昌：百花洲文艺出版社，2009.

17.《人间喜剧》自序.江西作家精品丛·边走边想.南昌：百花洲文艺出版社，2009.

18.二律背反现象与历史题材文学创作.江西作家精品丛·边走边想.南昌：百花洲文艺出版社，2009.

19.哥布诗篇与哈尼梯田——哈尼诗人哥布的诗.江西作家精品丛·边走边想.南昌：百花洲文艺出版社，2009.

20.常山高士贾大山——贾大山印象.江西作家精品丛·边走边想.南昌：百花洲文艺出版社，2009.

21.当代中国通俗小说纵横谈.江西作家精品丛·边走边想.南昌：百花洲文艺出版社，2009.

22.海洋又见海洋——评邓刚长篇小说《山呼海啸》.江西作家精品丛·边走边想.南昌：百花洲文艺出版社，2009.

23.真理是赤裸裸的——《裸体问题》问答.江西作家精品丛·边走边想.南昌：百花洲文艺出版社，2009.

24.孔子文艺观的当代价值.江西作家精品丛·边走边想.南昌：百花洲文艺出版社，2009.

25.鲁若迪基玛达米——普米诗人鲁若迪基印象.江西作家精品丛·边走边想.南昌：百花洲文艺出版社，2009.

26.“西区”的骄傲——评邓刚长篇小说《绝对亢奋》.文艺报，2011-02-21.

27.爱和坚守都与山河有关——再说葛水平.文艺报，2012-11-26.

28.做自己灵魂的工程师.黄河文学，2012（z1）.

29.让人受用不尽的淡定与庄严.文学自由谈，2013（6）.

30.文学的力量——在深圳书城中心城的讲话.文学自由谈，2014（3）.